AF602203

22 juin 1899 PN

SUCCESSION PH. SICHEL

OBJETS D'ART

ET

D'AMEUBLEMENT

Tableaux Anciens

1899

RÉSUMÉ DU CATALOGUE

DES

OBJETS D'ART

ET

D'AMEUBLEMENT

TABLEAUX ANCIENS

Dépendant de la Succession de M. PH. SICHEL

Et dont la vente aura lieu

GALERIE GEORGES PETIT

8, rue de Sèze, à Paris

Les Jeudi 22, Vendredi 23, Samedi 24, Lundi 26, Mardi 27 et Mercredi 28 Juin 1899

A DEUX HEURES

COMMISSAIRES-PRISEURS

Me P. CHEVALLIER
10, rue Grange-Batelière, 10

Me G. DUCHESNE
6, rue de Hanovre, 6

EXPERTS

Pour les Objets d'Art :
MM. MANNHEIM
7, rue Saint-Georges, 7

Pour les Tableaux :
M. HENRI HARO, peintre-expert
14, r. Visconti et r. Bonaparte, 20

EXPOSITIONS

PARTICULIÈRE : *Le Mardi 20 Juin 1899, de 1 h. à 6 h.*
PUBLIQUE : *Le Mercredi 21 Juin 1899, de 1 h. à 6 h.*

CONDITIONS DE LA VENTE

Elle se fera au comptant.

Les acquéreurs payeront *cinq pour cent* en sus du prix d'adjudication.

L'exposition mettant le public à même de se rendre compte de l'état et de la nature des objets, aucune réclamation ne sera admise une fois l'adjudication prononcée.

Paris. Imprimerie de l'Art, E. Moreau et Cie, 41, rue de la Victoire

ORDRE DES VACATIONS*

PREMIÈRE VACATION

Le Jeudi 22 Juin 1899

Tableaux	1 à 81
Dessins, Gouaches	82 à 112

DEUXIÈME VACATION

Le Vendredi 23 Juin 1899

Sculptures en marbre et en pierre.	113 à 125
Sculptures en terre cuite	126 à 135
Bronzes d'art	136 à 155
Faïences.	156 à 172
Porcelaines de Sèvres.	173 à 204
Biscuits.	205 à 209
Porcelaines diverses.	210 à 224

TROISIÈME VACATION

Le Samedi 24 Juin 1899

Porcelaines de la Chine, montées et non montées.	225 à 279
Porcelaines du Japon	280 à 289
Miniatures et Boîtes.	290 à 314

QUATRIÈME VACATION

Le Lundi 26 Juin 1899

Objets variés	315 à 363
Régulateurs, Pendules et Cartels	364 à 378
Bronzes d'ameublement.	407 à 428
Meubles.	502 à 514

*N. B. — *L'ordre numérique ne sera pas suivi.*

CINQUIÈME VACATION

Le Mardi 27 Juin 1899

SIXIÈME VACATION

Le Mercredi 28 Juin 1899

DÉSIGNATION

TABLEAUX

1 — Berchem (Attribué à). La Promenade. Bois. Haut., 23 cent.; larg., 33 cent.

2 — Boucher (Ecole de F.). Pastorale. Toile. Haut., 2 m. 20 cent. ; larg., 2 m. 80 cent.

3 — Boucher (Attribué à F.). L'Amour oiseleur. Toile. Haut., 85 cent. ; larg. 1 m. 13 c.

4 — Boucher (Attribué à F.). L'Amour moissonneur. — Toile. Haut., 85 cent. ; larg., 1 m. 13 cent. Ces deux pendants forment deux jolis dessus de portes.

5 — Boucher (D'après F.). Vénus et Vulcain. Cadre ancien en bois sculpté.— Toile. Haut., 60 cent.; larg., 48 cent.

6 — Bruandet (L.) Prairie sur la lisière d'un bois. Signé à gauche. Bois. Haut., 39 cent.; larg., 55 cent.

7 — CARESME. La Jeunesse de Bacchus. Cadre Louis XVI en bois sculpté. — Toile. Haut., 65 cent.; larg., 80 cent.

8 — CHARDIN (Attribué à). La Maîtresse d'école. Composition gravée par Lépicié. — Toile. Haut., 23 cent.; larg., 27 cent.

9 — CRANACH (Ecole de). Personnages princiers allemands. — Bois. Haut., 60 cent.; larg., 42 cent.

10 — DAVID (Ecole de). Festin à l'occasion du mariage de Napoléon avec Marie-Louise. — Bois. Haut., 35 cent.; larg., 51 cent.

11 — DE MACHY (P.-A.) Architecture et Figures. Signé et daté 1771. — Toile. Haut., 48 cent.; larg., 63 cent.

12 — DEMARNE. Une Foire aux bestiaux. — Bois. Haut., 37 cent.; larg., 51 cent.

13 — DE TROY (?) Portraits d'une Dame et de sa Fille. Cadre ancien en bois sculpté. — Toile. Haut., 82 cent.; larg., 65 cent.

14 — DROUAIS (Ecole de). Portrait de Femme.— Toile. Haut., 88 cent.; larg., 72 cent.

15 — Drouais (Ecole de). Portrait présumé de Marie-Renée de Montmorency Luxembourg, duchesse de Villeroy. Toile. Haut., 70 cent.; larg., 60 cent.

16 — Ducreux. Tête d'homme. — Zinc. Haut., 15 cent.; larg., 13 cent.

17 — Dyck (Ecole d'Antoine van). Amours dans les nues soutenant une guirlande de fruits. Cadre ancien en bois sculpté. — Bois. Haut., 35 cent.; larg., 28 cent.

18 — Falcone (A.) Cavalier sonnant de la trompette. — Toile. Haut., 40 cent.; larg., 34 cent.

19 — Guardi (Francesco) (?). La Fête du Bucentaure. — Bois. Haut., 36 cent.; larg., 46 cent.

20 — Heda. Nature morte. — Bois. Haut., 40 cent.; larg., 70 cent.

21 — Heyden (École de Van der). Quai d'Amsterdam. — Toile. Haut., 45 cent.; larg., 58 cent.

22 — Huet (J.-B.). Le Petit Pêcheur à la ligne. — Toile. Haut., 26 cent.; larg., 34 cent.

23 — Huet (J.-B.). La Petite Fermière. — Toile. Haut., 26 cent.; larg., 34 cent.

24 — Jardin (Karel du). Pâturage. — Toile. Haut., 50 cent.; larg., 42 cent.

25 — Jeaurat (Étienne). La Fête du pays. Charmant tableau de l'artiste, portant sa signature ainsi tracée à gauche sur un banc : *Stephanus Jeaurat Pinxit 1748.* — Toile. Haut., 58 cent.; larg., 1 m. 6 cent.

26 — Jeaurat (Étienne). La Noce au village. Signé à droite et daté 1749. — Toile. Haut., 58 cent.; larg., 1 m 6 cent.

27 — Jeaurat (Étienne). La Marchande de légumes. — Bois. Haut., 7 cent.; larg., 8 cent.

28 — Jeaurat (Étienne). La Marchande de friture. Pendant du précédent. — Bois. Haut., 7 cent.; larg., 8 cent.

29 — Kauffmann (Attribué à Angelica). Portrait de Femme. — Toile ovale. Haut., 65 cent.; larg., 54 cent.

30 — Lajoue (Attribué à). Attributs des Arts et des Sciences. — Haut., 64 cent.; larg., 75 cent.

31 — La Tour (École de de). Portrait de Marie Leczinska. — Pastel. Haut., 65 cent.; larg., 52 cent.

32 — La Tour (École de de). Portrait de Louis XV. Cadre en bois sculpté et doré, fleurdelisé dans les angles et surmonté des armes de France. — Pastel. Haut., 65 cent.; larg., 55 cent.

33 — Le Barbier. Le Repas des voyageurs. — Haut., 13 cent.; larg., 11 cent.

34 — Lemoine (?). Neptune. — Toile. Haut., 58 cent.; larg., 90 cent.

35 — Lépicié (École de). Portrait de Petit Garçon. — Toile ovale. Haut., 40 cent.; larg., 33 cent.

36 — Le Prince (École de J.-B.). Le Goûter. — Toile. Haut., 75 cent.; larg., 1 m. 65 cent.

37 — Le Prince (École de J.-B.). La Musique. Toile. Haut., 75 cent.; larg. 1 m. 65 cent.

38 — Longhi. La Collation. — Bois. Haut., 26 cent.; larg., 17 cent.

39 — Longhi. La Partie de cartes. Pendant du précédent. — Bois. Haut., 26 cent.; larg., 17 cent.

40 — Marcellis (Otto). Plantes et insectes. — Toile. Haut., 1 m. 20 cent.; larg., 1 m. 68 cent.

41 — Marcellis (Otto). Les Hérons. — Toile. Haut., 1 m. 20 cent.; larg., 1 m. 68 cent. Ces deux tableaux se faisant pendants sont dans des cadres en bois sculpté et doré.

42 — Metsu (D'après). Le Chasseur. — Bois. Haut., 30 cent.; larg., 25 cent.

43 — Mieris (François Van). La Peinture. Cadre ancien, en bois sculpté. — Bois. Haut., 15 cent.; larg., 12 cent.

44 — Moiron (H. Van der). L'Entrée au port. — Toile. Haut., 30 cent.; larg., 41 cent.

45 — Le déchargement du bateau. Pendant du précédent. — Toile. Haut., 30 cent.; larg., 41 cent.

46 — Nattier (Attribué à). Portrait de Femme. Cadre ancien en bois sculpté et doré. — Toile. Haut., 78 cent.; larg., 62 cent.

47 — Neefs (Peeter). Une Galerie de tableaux. Signé à droite. — Bois. Haut., 50 cent.; larg., 62 cent.

48 — Oost (Van). Portrait d'un Religieux. — Bois. Haut., 25 cent.; larg., 18 cent.

49 — Orley (Attribué à Bernard Van). La Vierge et l'Enfant Jésus. — Toile. Haut., 35 cent.; larg., 28 cent.

50 — Pater (?). L'Attaque d'une ville. — Toile. Haut., 22 cent.; larg., 27 cent.

51 — Peeters (Clara). Bouquet de fleurs dans un verre. Signé : *Clara P.*, sur le bord de la table. — Cuivre. Haut., 17 cent.; larg., 14 cent.

52 — Poelenburg. Le Bain. — Bois. Haut., 30 cent.; larg., 38 cent.

53 — Reynolds (Sir Josué) (?). Portrait présumé du comte de Carlisle. Cadre en bois sculpté et doré. — Toile. Haut., 75 cent.; larg., 60 cent.

54 — Robert (Hubert). Architecture. — Bois ovale. Haut., 50 cent.; larg., 39 cent.

55 — Robert (Hubert). Le Pont rustique. Beau

tableau de l'artiste d'une coloration blonde, très délicate. — Bois. Haut., 65 cent.; larg., 52 cent.

56 — Rosalba (Carriéra). Portrait de Jeune Fille. Pastel. Haut., 60 cent.; larg., 47 cent.

57 — Sauvage. L'Astronomie. Groupe d'enfants. Peinture en grisaille, pour dessus de porte. — Toile. Haut., 72 cent.; larg., 1 m. 10 cent.

58 — Sauvage. — Le Triomphe d'un petit Bacchus. Dessus de porte peint en grisaille. Toile. Haut., 95 cent.; larg., 1 m. 35 cent.

59 — Sauvage (Attribué à). Allégorie. Toile. Haut., 52 cent.; larg., 45 cent.

60 — Schalcken (G.). Figure allégorique. — Bois. Haut., 20 cent.; larg., 15 cent.

61 — Senave (J.-A.). La Marchande de curiosités. Signé à gauche et daté 1803. — Toile. Haut., 60 cent.; larg., 48 cent.

62 — Saint-Jean. Roses dans un vase antique et chardonnerets perchés sur des branches. Signé à droite et daté 1846. — Bois. Haut., 47 cent.; larg., 38 cent.

63 — Taunay (N.-A.). Paysage d'Italie. — Bois. Haut., 24 cent.; larg., 30 cent.

64 — Théolon (E.) Le Galant Berger. — Bois. Haut., 17 cent.; larg., 14 cent.

65 — Vernet (Joseph). Paysage d'Italie. — Toile. Haut., 40 cent.; larg., 32 cent.

66 — Vivien. Portrait d'Homme. — Pastel. Haut., 1 mètre; larg., 80 cent.

67 — Watteau (Antoine). Le Concert des Singes. Cadre ancien en bois sculpté. — Toile. Haut., 50 cent.; larg., 95 cent.

68 — Watteau de Lille (François). Le Petit Noël. — Bois. Haut., 34 cent.; larg., 25 cent.

69 — Witt (De). Le Repos des Enfants vendangeurs. Signé en bas et daté 1780. Dessus de porte peint en grisaille. — Toile. Haut., 45 cent.; larg. 1 m. 45 cent.

70 — Witt (De). Enfants Bacchants. Dessus de porte peint en grisaille. — Toile. Haut., 95 cent.; larg., 1 m. 40 cent.

71 — Witt (De). La Musique. Signé à droite et daté 1750. — Toile. Haut., 1 m. 20 cent.; larg., 1 mètre.

72 — Les Amours bergers. Signé à droite et daté 1749. Deux dessus de portes en grisaille. — Toile. Haut., 1 m. 20 cent.; larg., 1 mètre.

73 — Witt (Attribué à). La Pêche et la Chasse. Deux peintures en grisaille. — Toile. Haut., 1 m. 52 cent.; larg., 1 m. 18 cent.

74 — Zeeman (Renier). Marine. Signé à droite sur le bord du bateau et daté 1660. — Toile. Haut., 30 cent.; larg,, 40 cent.

75 — École anglaise. Portrait de Philippe Honywood. — Ovale. Haut., 74 cent.; larg., 60 cent.

76 — Portrait de Élisabeth Honywood, mère du précédent. — Ovale. Haut., 74 cent.; larg., 60 cent.

77 — École française. Le Billet doux. — Bois. Haut., 31 cent.; larg., 26 cent.

78 — La Réponse embarrassante. — Bois. Haut., 31 cent ; larg., 26 cent.

79 — École française. Portrait de Femme. — Toile. Haut., 32 cent.; larg., 25 cent.

80 — Allégorie à la Justice. — Toile. Haut., 1 m. 30 cent.; larg., 94 cent.

81 — École Hollandaise. La Fillette au chien. — Toile. Haut., 39 cent.; larg., 32 cent.

DESSINS, GOUACHES

82 — Bourdon (Sébastien). Groupe d'Amours soutenant un écusson. Sanguine. — Diam., 14 cent.

83 — Cochin (C.-N.). Siège d'une Ville. Plume et lavis. — Haut., 4 cent.; larg., 8 cent.

84 — De la Rue. Groupe de Matelots. Dessin rehaussé d'aquarelle. — Haut., 30 cent.; larg., 40 cent.

85 — Denon. Tête de Jeune Homme, de profil. Dessin à la plume.

86 — Denon. Deux cadres contenant chacun trois croquis à la plume.

87 — Denon. Femme de profil, en buste, coiffée d'un bonnet. Dessin à la plume. — Haut., 16 cent.; larg., 11 cent.

88 — Denon. Six croquis à la plume, en un seul cadre.

89 — Diepenbeck (A.). Deux Évêques. Dessins à la plume et au lavis. Signés.

90 — Dow (Gérard). Portrait d'une Dame hollandaise. La tête seule est achevée; petit dessin

au crayon noir estompé. — Haut., 17 cent.; larg., 13 cent.

91 — Goodall. Officier anglais. Signé à gauche. Aquarelle. — Haut., 67 cent.; larg., 48 cent.

92 — Huet (J.-B.). La Correction. Signé en bas et daté de 1780. Dessin rehaussé d'aquarelle. — Haut., 18 cent.; larg., 23 cent.

93 — Huet (J.-B.). Bergère trayant une chèvre. Dessin rehaussé d'aquarelle.—Haut., 20 cent.; larg., 30 cent.

94 — Huet (J.-B). Berger et son troupeau. Dessin rehaussé d'aquarelle. — Haut., 20 cent.; larg., 30 cent.

95 — Marillier. Dessin d'illustration. Petit dessin à la plume et à la sépia. Signé en bas et daté 1775. — Haut., 6 cent.; larg., 9 cent.

96 — Massard. Préliminaires de Paix signés à Leoben, le 17 avril 1797. Signé à droite. Dessin à la mine de plomb. — Haut., 13 cent.; larg., 23 cent.

97 — Moreau (Louis). Paysage avec moulin à vent. Signé à gauche des initiales : L. M., et daté : 1787. — Haut., 34 cent.; larg., 54 cent.

98 — Nilson. La Mascarade. Dessin à la plume et au lavis. Cadre en bois sculpté. — Haut., 15 cent.; larg., 19 cent.

99 — Noel. Cadre contenant dix petites vues de port de mer. Dessins à la plume et à la mine de plomb.

100 — Noel. Vue de Nevers. Gouache. — Haut., 48 cent.; larg., 16 cent.

101 — Ozanne. Le Départ pour la pêche. Plume et sépia. — Haut., 10 cent.; larg., 12 cent.

102 — Port de mer. Plume et encre de Chine. — Haut., 10 cent.; larg., 12 cent.

103 — Ozanne. Fontaine monumentale sur le quai d'un port de mer. Plume et encre de Chine. — Haut., 10 cent.; larg., 13 cent.

104 — Pérignon. Paysage, bord de rivière. Gouache de forme ronde. — Diam., 16 cent.

105 — Pillement (Jean). Le Repos du Berger. Signé à gauche. Gouache. — Haut., 40 cent.; larg., 45 cent.

106 — Pillement (Jean). Pendant du précédent. Gouache. — Haut., 40 cent.; larg., 45 cent.

107 — Schauffelein (Hans). L'Ensevelissement du Christ. Dessin à la plume. — Haut., 20 cent.; larg., 34 cent.

108 — Swebach des Fontaines. Passage d'équipages. Signé des initiales. Aquarelle. — Haut., 165 millim.; larg., 28 cent.

109 — Swebach des Fontaines. Convoi d'artillerie. Aquarelle. — Haut., 165 millim.; larg., 28 cent.

110 — Taunay (N.-A.). Les Oies du frère Philippe. Fixé de forme ronde. — Diam., 105 millim.

111 — Vernet (Carle). Cavalier italien et son cheval. Signé à droite et daté 1835. Sépia. — Haut., 32 cent.; larg., 40 cent.

112 — Sous ce numéro, seront vendus les tableaux, dessins ou gravures non catalogués.

OBJETS D'ART

SCULPTURES EN MARBRE
ET EN PIERRE

113 — Marbre blanc. Statue, grandeur nature, de Grétry. *Cette statue fut érigée en 1804, par L. de Livry, et posée au Théâtre de l'Opéra-Comique en 1809.*

Elle est l'œuvre du sculpteur Stouf (Jean-Baptiste), né à Paris et décédé en 1826, professeur de sculpture à l'École des Beaux-Arts depuis 1810, élu, la même année, membre de l'Institut.

114 — Marbre blanc. Buste de femme, grandeur nature. Il est signé : *J. B. Xavery, f.* 1732. — Haut., 68 cent.

115 — Marbre blanc. Buste de femme, grandeur nature : *Opvs Poncet Roma 1788.* — Haut., 58 cent.

116 — Marbre blanc. Statuette de femme nue, assise. — Haut., 42 cent.

117 — Marbre blanc. Statuette de femme, faisant pendant à celle qui précède. — Haut., 40 cent.

118 — Buste d'homme, grandeur nature, en marbre jaune et blanc. xviie siècle. — Haut., 80 cent.

119 — Statuette en marbre blanc de nymphe étendue, personnifiant une source. xviie siècle. — Haut., 34 cent. ; larg., 55 cent.

120 — Marbre tendre. Petit buste de femme, les cheveux relevés et le corps couvert par une draperie, qui laisse un des seins découvert. Attribué à *Poncet*. — Haut., compris le piédouche, 21 cent.

121 — Marbre blanc. Deux statues d'enfants debout, grandeur nature, figurant l'Été et l'Hiver. Chacun d'eux porte une coupe de ses deux mains.

La statue de l'Hiver porte le nom d'*Edme Bouchardon* 1755. — Haut., 1 m. 13 cent. ; et 1 m. 8 cent.

122 — Marbre blanc. Deux bustes, grandeur demi-nature, d'un homme et d'une dame de qualité en costumes du xviiie siècle. — Haut., 50 cent.

123 — Marbre blanc. Cheminée Louis XVI. — Haut., 1 m. 23 cent.; larg., 1 m. 81 cent.

124 — Tablette de marbre foncé à contours, bordée d'une moulure en bronze doré, à feuilles ciselées enroulées. Italie, xviiie siècle. — Long., 1 m. 25 cent.; larg., 65 cent.

125 — Pierre. Deux grands vases à panse octogone. — Haut., 1 m. 75 cent.

SCULPTURES EN TERRE CUITE

126 — Terre cuite. Deux groupes du xviiie siècle, composés chacun de trois figures d'enfants, grandeur nature. Haut., 1 m. 18 cent. et 1 m. 20 cent.

127 — Terre cuite. Groupe de deux enfants, grandeur nature, reliés par une guirlande de fleurs. xviiie siècle. Haut., 1 m. 8 cent.

128 — Statuette de la Reine Marie-Antoinette, debout, en grands atours. Cette pièce a appartenu à Lord Carrington et provient, dit-on, d'une demoiselle d'honneur de Marie-Antoinette. Haut., 70 cent.

129 — Terre cuite. Bustes de Voltaire et de J.-J. Rousseau, grandeur nature. Hauteur totale, 66 cent.

130 — Terre cuite. Petit buste de femme, portant la coiffure et une draperie de la fin du XVIIIe siècle. Haut., sans le pied, 26 cent.

131 — Terre cuite. Applique pour fontaine, formée d'une tête d'homme barbu, coiffé d'une draperie. Haut., 45 cent.

132 — Deux statuettes en terre cuite d'enfants assis : allégories de la Foi et de la Tragédie. XVIIIe siècle. Haut., 31 cent.

133 — Terre cuite. Vase ovoïde avec couvercle, présentant dans son pourtour une ronde d'enfants nus, reliés par des festons de fleurs dans le goût de Clodion. Haut., 35 cent.

134 — Terre cuite. Groupe de deux figures : Satyre et nymphe, dans le goût de Clodion. Haut., 42 cent.

135 — Terre cuite. Cage de pendule, du temps de Louis XVI. Haut., 50 cent.

BRONZES D'ART

136 — Petit groupe en bronze, à patine brune, composé d'une statuette d'Atlas, debout sur un socle triangulaire orné à ses angles d'une figurine de guerrier debout et d'une statuette d'enfant assis. Italie, XVIe siècle. Haut., 25 cent.

137 — Statuette d'Hercule en bronze patiné du XVIIe siècle, supportant une sphère de cristal de roche et placée sur une base en granit feuille-morte. Haut., 55 cent.

138 — Deux statuettes en bronze du XVIIe siècle, munies d'une patine brun-clair. Mercure, d'après *Jean de Bologne*, et Psyché, debout. — Hauteur totale, 77 et 70 cent.

139 — Deux chevaux couchés en bronze à patine brune. Sur bases en bronze doré à motifs rocaille. Époque Louis XV. — Long., 23 cent.

140 — Deux petits bustes en bronze patiné, de personnages portant la perruque à rallonge. Commencement du XVIIIe siècle. — Hauteur totale, 40 cent.

141 — Buste d'enfant, grandeur nature, en bronze à patine brune. France, XVIIIe siècle. Hauteur totale, 38 cent.

142 — Deux statuettes d'enfants debout, en bronze à patine brune. — Hauteur totale, 23 cent.

143 — Deux figurines en bronze à patine brune d'amours assis sur des rochers. Bases Louis XVI, en bronze doré. — Hauteur, 18 cent.

144 — Statuette d'enfant nu, assis sur un rocher, tenant une sorte de conque disposée pour fontaine. Bronze du XVIIIe siècle, muni d'une patine brun-clair. — Haut., 48 cent.

145 — Coupe en forme de conque marine, supportée par deux tritons. Bronze à patine brune du XVIIIe siècle. Base en marbre vert de mer. — Haut., 30 cent.

146 — Statuette d'enfant endormi, drapé et couronné de fleurs, en bronze à patine brune. Sur socle en marbre vert de mer, garni de bronze doré. Époque Louis XVI. — Larg., 17 cent.

147 — Groupe en bronze patiné : Nymphe portée par deux amours. — Haut., 50 cent.

148 — Marteau de porte en bronze patiné ; buste de femme entre deux lions. Travail italien. Haut., 28 cent.

149 — Lion assis, en bronze à patine verte de *Barye*. — Haut., 18 cent.

150 — Tigre terrassant un cerf. Modèle en bronze. Signé : *Barye*. Sans droit de reproduction. — Larg., 30 cent. ; haut., 15 cent.

151 — Lion terrassant un sanglier. Bronze de *Barye*. Épreuve signée et numérotée 044. — Haut., 17 cent. ; larg., 16 cent.

152 — Lionne passant. Bronze de *Barye*, patine verte. Signé. — Haut., 20 cent., larg., 225 millim.

153 — Lionne passant. Bronze de *Barye*, patine verte. Signé. — Haut., 135 millim. ; larg., 20 cent.

154 — Statuette en bronze patiné : Milon de Crotone, d'après *Puget*. Commencement du XIXe siècle. — Haut., 20 cent.

155 — Deux statuettes en bronze patiné : les Petits Dénicheurs d'oiseaux. — Haut., 28 cent.

FAIENCES

156 — Plat rond, représentant Daphnée changée en laurier. Il offre au marli le blason des Montmorency et au revers l'indication du sujet et l'inscription : *In bogeta di Me Guido Durantino in Urbino*. Urbino. Vers 1540. — Diam., 24 cent.

157 — Salière oblongue. Urbino. Vers 1560. — Haut., 85 millim.; larg., 16 cent.

158 — Neuf carreaux ou fragments, décorés de mascarons et de rinceaux sur fond jaune d'ocre. Faënza, XVIe siècle.

159 — Quatre carreaux rectangulaires, à décor à reflets métalliques mordorés, avec écu portant un écusson au centre. Fabrique siculo-arabe.

160 — Deux plaques rectangulaires, représentant des paysages avec monuments et personnages. Castelli. Haut., 16 et 18 cent.; larg., 23 et 24 cent.

161 — Plat en ancienne faïence hispano-mauresque, à décor de feuilles en rouge à reflets. Diam., 41 cent.

162 — Plat en ancienne faïence hispano-mauresque, décoré, en rouge à reflets, de godrons simulés. Diam., 35 cent.

163 — Plat en ancienne faïence de Manissès, à décor, en rouge à reflets, de larges feuilles. Diam., 40 cent.

164 — Plat en ancienne faïence hispano-mauresque, décoré en bleu et en rouge à reflets ; au centre, écusson contenant un poisson. Diam., 42 cent.

165 — Fort lot de carreaux, à décor en relief, émaillé en couleurs. Espagne.

166 — Petite cruche en faïence de Perse, décorée en bleu, de fleurs, d'arabesques et d'ornements. Haut., 26 cent.

167 — Plat rond en ancienne faïence de Rhodes, décoré d'arabesques réservées sur fond rouge et rehaussées de bleu. Diam., 32 cent.

168 — Plat creux en ancienne faïence de Damas, décoré de raisins. — Diam., 27 cent.

169 — Fontaine-applique, en forme de dauphin debout, accompagnée de son bassin, modèle coquille, en ancienne faïence émaillée vert

uni. — Hauteur de la fontaine, 83 cent.; Largeur du bassin, 55 cent.

170 — Buste, grandeur nature, d'empereur romain, en faïence émaillée gros bleu. Nevers (?). — Haut., 78 cent.

171 — Coupe oblongue à fond bleu de Perse et décor de fleurs et feuillages émaillés blanc. Nevers. Monture à deux anses doubles et piédouche, en étain. — Haut., 15 cent.; larg., 21 cent.

172 — Cartouche armorié à encadrement rocaille en faïence du Midi, XVIIIe siècle. — Haut., 49 cent.

PORCELAINES DE SÈVRES

173 — Ecuelle ronde et lobée, à deux anses et à couvercle surmonté d'un groupe de poissons, accompagnée d'un plateau ovale à deux anses formées de feuilles et bordé de côtes, en ancienne porcelaine de Sèvres, pâte tendre, décorée de paysages et de vols d'oiseaux en camaïeu carmin, avec rehauts de dorure. Époque Louis XV. — Diamètre de l'Écuelle, 23 cent.; largeur du plateau, 29 cent.

174 — Plateau de forme losangée et à contours, à deux anses simulant des pièces de charpente, en porcelaine de Sèvres, pâte tendre décoré, au fond, de festons de fleurs en camaïeu bleu sur fond à mille raies en dorure. Le bord relevé se compose de fleurons gaufrés et émaillés carmin, séparés par des bois simulés reliés aux anses et rehaussés de dorure sur fond découpé à jour. Époque Louis XV. — Larg., 38 cent.

175 — Déjeuner, composé de deux tasses avec soucoupes et d'un sucrier avec couvercle, en vieux Sèvres, pâte tendre, à bords bleus, montants à filets carmin reliés par des feuillages d'or avec entredeux à feuillages verts. Il est accompagné d'une chocolatière et d'une cafetière, en vermeil, d'une cuiller à manche en or ciselé et repercé à jour et d'un plateau oblong en tôle vernie, décoré de fleurs, de fruits et d'un oiseau. Le tout est contenu dans un coffre en bois de rose, avec ruban vert enroulé. Époque Louis XV. — Largeur du coffre, 45 cent.

176 — Déjeuner en vieux Sèvres, pâte tendre, fond bleu-turquoise, à pois dorés, et médail-

lons d'oiseaux dans des paysages. Il se compose d'une théière, d'un sucrier avec couvercle, d'un pot à lait et de quatre tasses de forme arrondie avec soucoupes. Une des tasses et une des soucoupes portent les lettres ci-après gravées dans l'émail « m. (?) H. A. D. K. a D. » (Lettre O : 1766.)

177 — Déjeuner solitaire en ancienne porcelaine de Sèvres, pâte tendre, à bandes bleu-turquoise et rosées, rehaussées de dorure et décor de festons de fleurs en couleurs. Il se compose d'un plateau ovale, à contours et à deux anses, d'un sucrier, d'un pot à lait et d'une tasse avec soucoupe. (Lettres D. D. : 1780.)

178 — Service de table en ancienne porcelaine de Sèvres, pâte tendre, à bande bleue, autour de laquelle s'enroulent des festons de fleurs. Au centre de chacune des pièces est un bouquet de fleurs. Époque Louis XVI. Il se compose de trente-huit assiettes plates, neuf assiettes creuses, deux compotiers forme coquille, quatre compotiers carrés, quatre compotiers ronds, deux plateaux ovales et deux beurriers.

179 — Douze assiettes à bords festonnés en an-

cienne porcelaine de Sèvres, pâte tendre, avec hachures bleues au bord et jetée de fleurs en couleurs au fond. (Lettre T : 1771.)

180 — Trois plats ronds à bords festonnés en ancienne porcelaine tendre de Sèvres, à bords gaufrés et rehaussés de hachures bleues et jetée de fleurs polychromes. (Lettre G : 1759.)

181 — Pot à eau et bassin en ancienne porcelaine tendre de Sèvres, à décor de médaillons d'amours, corbeilles de fleurs et bordure à fond bleu. — Hauteur du pot à eau, 16 cent.

(*Collection de la duchesse de Montrose.*)

182 — Encrier formé d'un bourdaloue en ancienne porcelaine tendre de Sèvres, décorée de fleurs. Monture en bronze doré d'époque Restauration. — Long., 22 cent.

183 — Deux tasses cylindriques avec soucoupes et pot à lait en ancienne porcelaine de Sèvres, pâte tendre, fond bleu grisâtre et médaillons, compartiments et bandes de fleurs en couleurs encadrés de dorure. (Lettres F. F. Année 1782.)

184 — Tasse cylindrique avec soucoupe en ancienne porcelaine de Sèvres, pâte tendre, à

décor de festons, de roses et de myosotis en partie sur fond rose, marbré, et médaillons renfermant des pensées. Lettres C. C. Année 1779.)

185 — Petit plateau ovale à contours en ancienne porcelaine de Sèvres, pâte tendre, à médaillon de paysage entouré de feuillages. Il est monté sur une petite table carrée sur pied élevé en acajou, garni de bronzes ciselés et dorés. — Hauteur de la table, 98 cent.

186 — Deux cache-pots en ancienne porcelaine de Sèvres, décorés d'oiseaux et de paysages en camaïeu carmin. — Haut., 13 cent.

187 — Deux jardinières demi-cylindriques en ancienne porcelaine tendre de Sèvres, à médaillons d'animaux. Monture en bronze doré, à volutes et rangs de perles. — Haut., 13 cent.

188 — Deux petits vases en forme de balustre, sur piédouche, en ancienne porcelaine tendre de Sèvres émaillée bleu de Roi uni. Ils sont garnis de montures à deux anses et à gorges en bronze ciselé et doré. — Haut., 22 cent.

189 — Tasse cylindrique avec soucoupe en ancienne porcelaine de Sèvres, pâte tendre, à

large bande gros bleu et motifs d'ornements rapportés en or et émaux de couleurs en relief, imitant les pierres précieuses. Précieux travail attribué à Coteau, les ors par Le Gay. Une étiquette collée sous chacune des pièces porte le nom de : *Sir John Macdonald.* — Hauteur de la tasse, 68 millim.; diamètre de la soucoupe, 132 millim.

190 — Petit plateau carré, à contours et à angles arrondis, en ancienne porcelaine de Sèvres, pâte tendre, décoré de rubans verts rehaussés de dorure et entrelacés avec fleurs polychromes dans les entre-deux. (Lettre E : 1757.)

191 — Tasse cylindrique avec soucoupe en ancienne porcelaine de Sèvres, pâte tendre : fond bleu d'eau à pois d'or et médaillons, sujets mythologiques. On lit dans la soucoupe : *Clitie abandonnée du Soleil* et, en plus de la marque PP. (année 1791), le mot Sèvres, les lettres R. F. et le chiffre 2000, sigle du doreur *Vincent*. Hauteur de la tasse, 75 millim.; diamètre de la soucoupe, 147 millim.

192 — Tasse cylindrique avec soucoupe en vieux Sèvres, pâte tendre, fond gros bleu, rehaussé

de guirlandes de fleurs en dorure et décor de médaillons, berger et bergère dans des paysages. (Lettre L. : 1763.) — Hauteur de la tasse, 75 millim. ; diamètre de la soucoupe, 140 millim.

193 — Très grande tasse, en forme de tronc de cône renversé, munie de deux anses, et sa soucoupe en ancienne porcelaine de Sèvres, pâte tendre, à décor de médaillons d'amours réservés sur fond vert, avec rehauts de dorure. Décor par *Aloncle*. — Hauteur de la tasse, 105 millim.; diamètre de la soucoupe, 21 cent.

194 — Théière sphérique et à côtes en ancienne porcelaine de Sèvres, pâte tendre, à branches de pêcher gaufrées en relief et à décor de fleurs en camaïeu bleu. (Lettre F : 1758.) — Haut., 12 cent.

195 — Théière à panse ovoïde en vieux Sèvres, pâte tendre : fond gros bleu, rehaussé d'ornements dorés et à médaillons de fleurs, vases, oiseaux, etc., en couleurs. — Haut., 12 cent.

196 — Tasse, de forme conique, avec soucoupe, en ancienne porcelaine de Sèvres, pâte tendre, décorée de doubles filets bleus en relief

reliés par des filets dorés et de bouquets de fleurs polychromes. (Lettre V : 1773.) — Hauteur de la tasse, 75 millim. ; diamètre de de la soucoupe, 145 millim.

197 — Deux cuillers à sucre, à manches formés de tiges enlacées, terminées par dss feuilles en ancienne porcelaine tendre de Sèvres, rehaussées de dorure. — Long., 21 cent.

198 — Tasse, de forme arrondie, avec soucoupe, en ancienne porcelaine de Sèvres, pâte tendre, à médaillons de paysages et d'attributs de jardinage en couleurs sur fond semé de pois dorés. (Lettre O : 1766.) — Hauteur de la tasse, 65 millim. ; diamètre de la soucoupe, 135 millim.

199 — Tasse cylindrique avec soucoupe en ancienne porcelaine de Sèvres, pâte tendre, décorée d'oiseaux dans des paysages. (Lettre M : 1764.) — Hauteur de la tasse, 75 millim. ; diamètre de la soucoupe, 143 millim.

200 — Beurrier avec couvercle et à deux petites anses surélevées sur plateau rond adhérent, en vieux Sèvres, pâte tendre, décoré de vases et de festons de fleurs polychromes ainsi que

de galons en dorure au bord, avec rehaut de bleu dans les ornements. — Diamètre du plateau, 20 cent.

201 — Sucrier oblong et à contours sur plateau adhérent, en vieux Sèvres, pâte tendre, à décor dit feuille de choux. — Long., 24 cent.

202 — Sucrier, de forme conique, avec couvercle, en ancienne porcelaine de Sèvres, pâte tendre, fond bleu de Vincennes et médaillons de paysages en camaïeu carmin, encadrés de dorure. Le couvercle a un bouton formé d'une fleur et il est décoré d'une couronne de fleurs en camaïeu carmin. — Haut., 9 cent.

203 — Deux pots à crème avec couvercles en ancienne porcelaine tendre de Sèvres, décorés de fleurs et de couronnes de feuillages et à médaillons d'amours. Les bords de la pièce et du couvercle sont émaillés bleu. — Haut., 8 cent.

204 — Six bobèches, en forme de fleurs, en ancienne porcelaine tendre de Sèvres, décorées en couleurs. — Diam., 75 millim.

BISCUITS

205 — Buste, grandeur, petite nature, de Voltaire, en biscuit, d'après *Houdon*, 1782. — Haut., 63 cent.

206 — Deux petits bustes sur socles enguirlandés, Voltaire et Rousseau, en ancien biscuit de Lorraine. — Haut., 24 cent.

207 — Plaque rectangulaire en ancien biscuit : l'Ivresse de Bacchus. Composition de sept personnages réservés en biscuit blanc sur fond bleu. — Long., 20 cent.; larg., 10 cent.

208 — Groupe, en ancien biscuit, de paysans au pied d'un arbre. — Haut., 34 cent.

209 — Groupe en ancien biscuit de Sèvres : l'Amour et l'Espérance, portant la marque de *Brachard*. — Haut., 33 cent.

PORCELAINES DIVERSES

210 — Deux grands vases ovoïdes et à gorge en ancienne porcelaine dure émaillée gros bleu, garnis de montures en bronze ciselé et doré,

à anses formées de chèvres debout sur les pattes de derrière, reposant sur des bases à palmettes. Socles en marbre noir. Travail de la fin du XVIIIe siècle. — Haut., 93 cent.

211 — Deux animaux en ancienne porcelaine de Saxe : Lion et Lionne. Sur socles rocaille, de style Louis XV, en bronze doré. — Largeur des animaux, 15 cent.

212 — Deux petites plaques rectangulaires en hauteur en ancienne porcelaine de Saxe, décorées chacune d'un acteur de la comédie italienne dans un paysage. Elles ont été montées dans des cadres à feuillages de cuivre, garnis de fleurettes de porcelaine. — Hauteur totale, 11 cent. ; larg., 7 cent.

213 — Deux plaques analogues à celles qui précèdent, mais décorées de groupes de deux personnages. Elles sont montées en cuivre doré en deux petites corbeilles superposées et garnies de fleurettes de porcelaine. — Haut., 9 cent. ; larg., 10 cent.

214 — Petit flacon de poche piriforme aplati en ancienne porcelaine de Saxe, décoré de paysages en couleurs, et à deux petites anses à mascarons. — Haut. 75 millim.

215 — Partie de service de table en ancienne porcelaine de Saxe, décorée de bouquets et de jetées de fleurs, composée de seize plats variés de formes et de dimensions, dix-sept assiettes creuses et cinquante-sept assiettes plates.

216 — Dix-huit assiettes creuses et soixante assiettes plates en ancienne porcelaine de Vienne, décorées au marli d'une couronne de myosotis et de feuillages dorés, et au fond d'un semis de myosotis.

217 — Vingt assiettes plates, décorées de même, mais en porcelaine de Paris.

218 — Trente-cinq assiettes à bords festonnés en ancienne porcelaine tendre de Tournay, à marli gaufré à côtes en spirales et décorées au fond de groupes d'oiseaux sur terrasse garnie d'arbustes.

219 — Deux plaques rondes en porcelaine tendre, à bords bleus et décorées de bouquets de fleurs. Cadres en cuivre doré à rang de perles. — Diamètre total, 15 cent.

220 — Dix plaques, de forme cambrée et contournée, en porcelaine tendre, à bord bleu et

dorure, et offrant au centre un bouquet de fleurs en camaïeu carmin.

221 — Bourdaloue, de forme contournée, en ancienne porcelaine italienne, décorée de fleurs polychromes. — Long., 20 cent.

222 — Tasse, de forme arrondie, sans anse, avec soucoupe, en ancienne porcelaine d'Amstel, décorée de paysages avec personnages polychromes. — Hauteur de la tasse, 5 cent.; diamètre de la soucoupe; 13 cent.

223 — Garniture de cinq pièces : potiches et cornets en terre rouge de Boccaro, à arbustes et ornements en relief. — Hauteur des potiches, 35 cent. ; hauteur des cornets, 30 cent.

224 — Théière de forme oblongue en terre rouge de Boccaro, décorée de fleurs et d'ornements en relief. Le bouton du couvercle est garni d'un paon en argent doré. — Haut., 15 cent.

PORCELAINES DE LA CHINE

MONTÉES ET NON MONTÉES

225 — Grand vase-balustre en porcelaine laquée noir et burgeautée, à paysages et person-

nages. Il est garni en bronze ciselé. La base est ornée de festons de laurier et le col présente deux anses formées de grecques se rattachant aux vases par des mascarons-têtes de fleuves. XVIIIe siècle. — Haut., 73 cent.

226 — Deux flambeaux-balustres en ancienne porcelaine de Chine, famille verte. Ils sont munis d'une monture d'argent de l'époque de la Régence. — Haut., 23 cent.

227 — Paire de petits vases-balustres en ancien céladon fleuri de la Chine, à décor d'arbustes et d'oiseaux, sur fond vert d'eau ; bases et collerettes-chapiteaux en bronze doré Louis XVI. — Haut., 24 cent.

228 — Deux gourdes à double renflement en ancien céladon vert d'eau de la Chine ; monture de bronze simulant des cordelettes. XVIIIe siècle. — Haut., 36 cent.

229 — Deux coupes en ancienne porcelaine de Chine, décorées de branches de fleurs émaillées en couleur sur fond violet. Elles sont montées à anses-dragons en bronze doré et reposent sur des terrasses en porcelaine de Chine, qui supportent également trois petites

chimères en cédalon bleu-turquoise. Socles rocaille en bronze doré. — Haut., 33 cent.

230 — Deux coupes en ancien céladon vert d'eau de la Chine, gravé sous couverte. Base ornée de serpents en bronze doré. — Haut., 16 cent.

231 — Deux vases en forme de cornet, à panse renflée, en ancien céladon vert d'eau gaufré à fleurs. Ils sont garnis de montures Louis XVI en bronze ciselé et doré, composées de bases à torsade et gorge, et de deux anses à volutes rattachées à une moulure, à godrons et feuilles. — Haut., 53 cent.

232 — Vase avec couvercle en ancienne porcelaine dite de Corée, à décor de fleurs, garni d'anses et d'un robinet Louis XV, en bronze doré. Il repose sur une base en bronze doré de style rocaille, ornée de deux figurines d'enfants, en ancienne porcelaine de Saxe. — Haut., 27 cent.

233 — Paire de petits candélabres à deux lumières, formés chacun d'un personnage monté sur un chien de Fô, en ancienne porcelaine de Chine. Garnitures de bronze doré du XVIIIe siècle. — Haut., 21 cent.

234 — Paire de candélabres à trois lumières, formés chacun d'un chien de Fô, en ancienne porcelaine de Chine émaillée sur biscuit. Monture en bronze composée du bouquet de lumières et d'une base ornée de dragons. — Haut., 29 cent.

235 — Deux coupes, en ancienne porcelaine de Chine, émaillée rouge-corail sur trépieds, en bronze doré Louis XVI à graines, petites feuilles et pieds de biches. — Haut., 20 cent.

236 — Deux bras-appliques, à fond de glace et montures rocaille, en bronze doré, à trois branches porte-lumières, et garnis de fleurettes en ancienne porcelaine de Saxe. Au centre, se trouvent deux perroquets en porcelaine de Chine émaillée bleu-clair, sur terrasse émaillée violet. — Haut., 50 cent.

237 — Cassolette-trépied, formée d'un vase en ancien céladon gris-craquelé de la Chine, montée dans une monture Louis XVI, en bronze doré, à mascarons, têtes de bacchants et pieds de biches avec tige à torsade au centre. — Haut., 29 cent.

238 — Deux petits vases, en forme de balustre, en porcelaine de Chine émaillée gris-bleuté.

Ils sont garnis de montures à anses-dauphins et bases à tores de laurier en bronze ciselé et doré du temps de Louis XVI. — Haut., 23 cent.

239 — Deux cache-pots en ancienne porcelaine de Chine, à décor de personnages dans des paysages en émaux de la famille verte. Ils sont garnis de montures à anses en bronze ciselé et doré. — Haut., 31 cent.

240 — Potiche avec couvercle en ancienne porcelaine de Chine, décorée en émaux de la famille rose, de lambrequins ornés et chimères sur fond bleu-clair. — Haut., 41 cent.

241 — Deux perroquets en ancien céladon bleu de la Chine, debout sur des rochers émaillés bleu-turquoises. Ils ont été montés en candélabres à deux branches porte-lumières de style Louis XVI, en bronze ciselé et doré. Haut., 34 cent.

242 — Deux perroquets en céladon bleu-turquoise, debout sur des rochers ajourés émaillés violet. Ils sont montés en candélabres à deux lumières en bronze doré. — Haut., 24 cent.

243 — Deux petits vases cylindriques et à gorge en ancienne porcelaine de Chine, décorés de rosaces multicolores rehaussées, ainsi que le fond, d'ornements dorés. — Haut., 27 cent.

244 — Petit plat rond en ancienne porcelaine de Chine, décoré en émaux de la famille verte. Au fond, sujet familial à deux personnages ; au marli, rosaces multicolores et quatre réserves renfermant divers attributs. — Diam., 27 cent.

245 — Gourde, à trois renflements, en ancienne porcelaine de Chine, décorée de bouquets de fleurs polychromes. — Haut., 67 cent.

246 — Potiches avec couvercles en ancienne porcelaine de Chine, à fond rose rehaussé de fleurs et de feuillages, lambrequins jaunes et compartiments en forme de feuilles renfermant des cerfs dans des paysages. — Haut., 44 cent.

247 — Deux potiches, en ancienne porcelaine de Chine, décorées en émaux de la famille verte, de fleurs et feuillages sur lambrequins, et oiseaux fantastiques aux ailes déployées. — Haut., 36 cent.

248 — Deux vases avec couvercles, en forme de balustres, en ancienne porcelaine de Chine, décorés en émaux de la famille verte, de médaillons variés de formes, renfermant des paysages, des animaux et des fleurs ; sur l'épaulement, ornements et réserves. — Haut., 49 cent.

249 — Deux vases avec couvercles, à panses ovoïdes, en ancienne porcelaine de Chine, décorés de paysages et d'ornements en camaïeu bleu. Les couvercles sont surmontés de chimères. — Haut., 60 cent.

250 — Vase, en forme de balustre et à deux anses verticales et cylindriques, en ancienne porcelaine craquelée gris de la Chine. — Haut., 48 cent.

251 — Vase-rouleau en ancienne porcelaine de Chine, émaillée noir et décor de fleurs en dorure. — Haut., 50 cent.

252 — Vase à panse carrée et goulot circulaire à renflement en porcelaine craquelée gris-bleuté de la Chine. — Haut., 31 cent.

253 — Vase, en forme de balustre à col renflé, en porcelaine craquelée verdâtre de la Chine,

avec anses à anneaux gaufrés en relief. — Haut., 36 cent.

254 — Vase, en forme de balustre à col rétréci, jaspé de bleu et de vert, Chine. — Haut., 23 cent.

255 — Vase-rouleau, à côtes horizontales, en porcelaine craquelée gris-bleuté de la Chine. — Haut., 26 cent.

256 — Vase, forme carafe, en porcelaine de Chine, émaillé bleu uni. — Haut., 45 cent.

257 — Cornet, à panse renflée, en porcelaine de Chine, émaillée bleu uni. — Haut., 47 cent.

258 — Garniture de trois vases, carrés de plan à angles coupés, l'un d'eux en forme de balustre couvert, les deux autres de forme analogue, mais se terminant en cornet à leur partie supérieure. Ils sont décorés, en émaux de la famille rose, de fleurs et ornements. — Haut., 32 et 30 cent.

259 — Deux perroquets en céladon bleu foncé, debout sur des terrasses ajourées, décorées en émaux polychromes. — Haut., 21 cent.

260 — Vase cylindro-conique et à gorge en por-

celaine de Chine émaillée blanc et à rosaces et anses têtes chimériques et pendentifs gaufrés en relief. — Haut., 36 cent.

261 — Vase, en forme de balustre, en porcelaine de Chine, fond rouge brique et compartiments variés de formes, décorés de paysages au trait. — Haut., 37 cent.

262 — Vase, en forme de carafe à long col et à deux anses dragons chimériques, en porcelaine de Chine émaillée blanc. — Haut., 39 cent.

263 — Deux perruches en céladon turquoise de la Chine. Sur base émaillée violet. — Haut., 22 cent.

264 — Assiette creuse en ancienne porcelaine mince de Chine, à sujet de pêche. — Diam., 21 cent.

265 — Deux petites coupes en ancienne porcelaine de Chine, décorées de dragons à cinq griffes, gravés et émaillés violet sur fond vert. — Diam., 11 cent.

266 — Plateau, en forme de feuille d'eau, en ancien céladon bleu-turquoise de la Chine. — Diam., 27 cent.

267 — Plat rond en ancienne porcelaine de Chine, décoré en émaux de la famille verte. Au fond, dans une réserve carrée, un paysage accidenté traversé par un cours d'eau. Au pourtour, fleurs polychromes sur fond vert pointillé. Au bord, six réserves d'attributs divers et fond à fleurettes sur fond vert et rouge quadrillé. — Diam., 34 cent.

268 — Plat rond en ancienne porcelaine de Chine, décoré en émaux de couleurs. Au fond, les armes d'Angleterre entourées de fleurs. Au pourtour, compartiments renfermant des personnages dans des paysages et des vases de fleurs. Au bord, rosaces rouges bordées de vert. — Diam., 35 cent.

269 — Plat rond en ancienne porcelaine de Chine, décoré en émaux de la famille verte, et présentant trois femmes chinoises réunies autour d'une table oblongue. — Diam., 35 cent.

270 — Plat analogue à celui qui précède : Femme et enfant debout dans un paysage. — Diam., 34 cent.

271 — Plat rond en vieux Chine, décoré d'un

paysage montagneux en émaux de la famille verte. Au bord, quadrillages sur fond vert et cinq réserves de fleurs. — Diam., 35 cent.

272 — Plat rond en ancienne porcelaine de Chine, décoré en plein de plantes aquatiques et d'oiseaux en émaux de la famille verte. — Diam., 35 cent.

273 — Petit plat rond en porcelaine de Chine, décoré de fleurs polychromes, sur fond jaune et sur fond vert. — Diam., 25 cent.

274 — Deux plats ronds en cédalon jaspé rouge et bleu, sur fond gris. — Diam., 23 cent.

275 — Plat creux, décoré de palmettes en bleu. Ancienne porcelaine de Chine. — Diam., 37 cent.

276 — Compotier en ancienne porcelaine mince de la Chine, décoré, en grisaille, d'un groupe de deux personnages, de style européen. — Diam., 19 cent.

277 — Paire de petits vases en ancien céladon gris craquelé de la Chine, à décor de zones et anses réservées en biscuit brun. Base rocaille en bronze. — Haut., 24 cent.

278 — Paire de cornets en ancien céladon vert d'eau de la Chine, gaufré sous couverte, à feuilles et grecques. Base et collerette en bronze. — Haut., 38 cent.

279 — Vase, décoré de chiens de Fô en rouge de cuivre. Ancienne porcelaine de Chine. — Haut., 33 cent.

PORCELAINES DU JAPON

280 — Deux petits vases cylindriques avec couvercles en ancienne porcelaine du Japon, à décor bleu, rouge et or de branches de chrysanthèmes. Bordure du col et graine en argent. — Haut., 18 cent.

281 — Potiche couverte en ancienne porcelaine du Japon, à médaillons de paysages et de fleurs polychromes, sur fond bleu rehaussé de fleurs en couleurs et or. — Haut., 57 cent.

282 — Coupe ronde en ancienne porcelaine du Japon, à bord ajouré et décorée de vases de fleurs en bleu, rouge et or. Elle est garnie de deux anses en bronze ciselé et doré, à orne-

ments, guirlandes de chêne et coquilles. — Diamètre total, 34 cent.

283 — Potiche couverte en ancienne porcelaine du Japon, à décor bleu : divinité, dragon et paysage. — Haut., 42 cent.

284 — Paire de petits vases, décorés de fleurs en couleurs et ronde-bosse. Ancienne porcelaine du Japon. Base et collerette en bronze doré. Haut., 21 cent.

285 — Ménagère en ancienne porcelaine du Japon, avec verres gravés garnis argent dans un écrin de cuir. XVIIIe siècle. — Largeur du plateau, 20 cent.

286 — Deux bouteilles en porcelaine du Japon, décorées de fleurs avec dragons en ronde bosse. Base et collerette en bronze doré. — Haut., 23 cent.

287 — Grand plat rond, à décor bleu, rouge et or, à réserves de fleurs, en ancienne porcelaine du Japon. — Diam., 56 cent.

288 — Plat rond, à décor bleu, rouge et or : vase de fleurs au centre et compartiments de fleurs au pourtour. — Diam., 29 cent.

289 — Paire de potiches avec couvercle en ancienne porcelaine du Japon, à décor bleu, rouge et or : branches fleuries. — Haut., 50 cent.

MINIATURES ET BOITES

290 — Boîte ovale, du temps de Louis XV, décorée au vernis et incrustée de lames d'or. Elle est garnie en or gravé et son couvercle est orné d'un portrait de femme peint sur émail. — Larg., 9 cent.

291 — Boîte formée d'une chèvre couchée en prime d'améthyste, dont les oreilles sont en or et dont les yeux sont incrustés de petits diamants. Monture à gorge, à charnière en or. Époque Louis XV. — Long. 95 millim.

292 — Boîte oblongue en forme de commode, en émail blanc rehaussé de fleurs et ornements en dorure. Monture en argent. — Larg., 87 millim.

293 — Boîte en forme de sanglier en caillou d'Egypte. Le couvercle en agate grise est

relié à la pièce à l'aide d'une monture à charnière en or. Époque Louis XV. — Long., 85 millim.

294 — Boîte ovale, du temps de Louis XVI, en poudre d'écaille, incrustée de filets et de bandes d'or gravé. Elle est montée à charnière et galonnée d'or gravé, et elle est ornée sur le dessus d'une miniature sur ivoire, qui représente un portrait de femme vêtue d'un habit bleu et d'un gilet blanc. — Larg., 69 millim.

295 — Miniature ovale sur ivoire. Portrait de femme assise, vue à mi-corps et tenant de ses mains un cahier de musique. La tête se présente presque de face et elle est vêtue d'une robe blanche et d'une écharpe jaunâtre. Signée *Isabey*, 1810. — Haut., 80 millim.; larg., 165 millim.

296 — Grande miniature de l'École anglaise restée à l'état d'ébauche et représentant deux portraits de femmes en costumes du temps de l'Empire. L'une d'elles est assise, l'autre debout s'appuie sur le dossier de la chaise de la première. Fond de parc. Cadre en cuivre doré. — Haut., 185 millim.; larg., 160 mill.

297 — Miniature ovale sur ivoire, de l'École anglaise. Portrait d'homme, la tête nue, tournée vers la gauche. Il est vêtu de noir et porte une cravate blanche. — Haut., 83 millim. ; larg., 63 millim.

298 — Miniature ovale sur ivoire, attribuée à Mme de Mirbel. Portrait de femme, la tête se présentant presque de face. Fond de parc. La tête est terminée, la robe blanche est restée à l'état d'ébauche. Cadre en cuivre. — Haut., 95 millim. ; larg., 73 millim.

299 — Miniature ronde, en ivoire, de la fin du XVIIIe siècle. Portrait d'homme. Il est vêtu d'un habit brun et porte une cravate blanche. Elle est montée dans un médaillon qui présente au revers un chiffre en or gravé et découpé. — Diam., 54 millim.

300 — Miniature ronde sur ivoire. Portrait d'homme vêtu d'une houppelande verte et d'une chemisette blanche. Elle est montée sur une boîte ronde en écaille, garnie en or, qui présente au fond un parquet de cheveux. Époque Louis XVI. — Diam., 63 millim.

301 — Miniature ovale sur ivoire. Portrait de

femme portant un costume Louis XV, ayant une rose sur la poitrine et des fleurs dans les cheveux. — Haut., 50 millim.; long. 40 millim.

302 — Miniature ovale à l'huile sur cuivre. Portrait de femme avec coiffure et costume Louis XIV. École française du XVIIIe siècle. Cadre en bronze doré. — Haut., 78 millim.; larg., 63 millim.

303 — Miniature ronde sur ivoire. Portrait d'homme, vêtu d'un babit bleu à brandebourgs d'or. Ecole anglaise. — Diam., 70 millim.

304 — Petit dessin à la plume, de forme cintrée, de l'École française du XVIIIe siècle. Scène d'intérieur à deux personnages. Cadre en bois doré. — Dessin : haut., 28 millim.; larg., 52 millim.

305 — Miniature ronde sur ivoire. Portrait de jeune femme vêtue d'une robe bleuâtre et d'une écharpe blanche. Époque Louis XVI. Elle est montée sur une boîte ronde en écaille noire. — Diamètre de la miniature, 50 millim.

306 — Miniature rectangulaire sur ivoire. Portrait de femme vue à mi-corps, la tête cou-

verte d'une mantille noire. — Haut., 100 m. larg., 80 millim.

307 — Miniature ronde sur ivoire, du temps de Louis XVI. Portrait de femme : la tête tournée vers la gauche est couverte d'un voile blanc retenu par un ruban bleu garni de perles. Elle est vêtue de blanc avec ceinture bleue. — Diam., 68 millim.

308 — Miniature ovale sur ivoire, de l'École anglaise. Portrait de jeune fille vêtue de blanc, la tête tournée à gauche. — Haut.. 63 millim.; larg., 55 millim.

309 — Miniature ovale sur ivoire. Portrait de femme, vêtue d'un corsage rose garni de blanc. Elle a des fleurs dans les cheveux. Elle est montée dans un médaillon en métal qui présente, au revers, diverses mêches de cheveux. — Haut., 58 millim. ; larg., 45 m.

310 — Miniature rectangulaire sur parchemin. Portrait présumé de Stanislas, roi de Pologne, représenté en pied, le sceptre à la main, drapé dans le manteau royal. — Haut., 19 c.; larg., 14 cent.

311 — Six petites peintures sur émail, du temps

de Louis XVI, à sujets variés montés en bracelets en or. — Diamètres des émaux : 2 cent. ; 15 millim., etc.

312 — Émail rectangulaire en hauteur, représentant un personnage de distinction, en habit vert brodé avec manteau rouge. Il porte une perruque à rallonges blanche. Travail allemand du XVIIIe siècle. Cadre en argent doré et pierres bleuâtres. — Haut., 62 millim. ; long., 44 millim.

313 — Miniature ovale. Portrait de femme à mi-corps, en costume Louis XVI, tenant un manchon. Encadrée. — Grand diam., 10 cent.

314 — Petite sanguine de forme ronde : Jeune femme à sa toilette. École française. Encadrée. — Diam., 10 cent.

OBJETS VARIÉS

315 — Buis. Cuiller et fourchette dont les manches se terminent par une cariatide d'homme barbu, s'échappant d'enroulements à volutes, au-dessous desquels est un mascaron saillant. Précieux travail du XVIe siècle. — Long., 15 cent.

316 — Bassin de style arabe en verre émaillé à fleurs, ornements et inscriptions en bleu, rouge et blanc, et feuillages rehaussés de dorure. — Haut., 15 cent. ; diam., 28 cent.

317 — Poignard persan à lame évidée et gravée, en damas, avec manche en morse relié à la lame à l'aide d'une monture en damas, gravé à fleurs et dont le dessin se prolonge sur le dos de la lame. Fourreau en or, couvert d'un riche décor de fleurs en relief émaillées en couleurs. Précieux travail ancien. — Longueur totale, 42 cent.

318 — Demi-armure d'enfant, en fer gravé à l'eau-forte et conservant des traces de dorure ; elle se compose de la cuirasse avec tassettes, de brassards avec épaulières et gantelets, ainsi que d'un armet. XVIe siècle. Cette pièce a subi des restaurations.

319 — Arbalète dont le fût est incrusté d'os gravé. XVIe siècle.

320 — Petite horloge de table, en forme d'édicule, en bronze et en bois noir. Signé : *Dutré fecit, Nancy 1660*. XVIIIe siècle. — Haut., 32 cent.

321 — Harpe en bois laqué vert et or, décorée d'une tête de bélier et de feuillages; corps sonore orné de personnages dansant et d'instruments de musique. XVIIe siècle. — Haut., 1 m. 55 cent.

322 — Deux petites coquilles montées chacune en vermeil et argent, et supportées par une sirène. XVIIIe siècle. — Haut., 11 cent.

323 — Vase à boire sur pied élevé, en forme de balustre, en argent repoussé et doré, décoré de médaillons de personnages, sujets allégoriques, trophées, ornements et fleurs. Allemagne, XVIIIe siècle (?). — Haut., 23 cent.

324 — Grand camée ovale sur agate, représentant sur une de ses faces la Vierge vue à mi-corps, entourée d'anges, avec, dans le haut, le Père Éternel dans les nuages. L'autre face est concave et présente, rapportée en bas-relief et en agate blanche, une Piéta, entourée d'anges. Cadre large et piédouche en bronze ciselé et doré. Travail italien du XVIIe siècle. — Hauteur totale, 45 cent.

325 — Plomb. Deux statuettes, d'après l'antique : Vénus et Antinoüs. XVIIe siècle. — Haut., 51 cent.

326 — Coffret revêtu de cuir fauve doré au fer au chiffre de Henri II. xvie siècle. — Larg., 30 cent.

327 — Clef à tête en cuivre, ornée de deux cariatides. xviie siècle. — Long., 12 cent.

328 — Petit cadre ovale à moulures, orné haut et bas de motifs ciselés. xviiie siècle. — Ouverture : Haut., 105 millim.; larg., 92 millim.

329 — Curieuse boîte en maroquin doré au fer, à ornements, fleurs et oiseaux. Elle renferme des marques de jeu en écaille et en nacre, garnies de montures en cuivre ciselé et doré. xviiie siècle. — Long., 175 millim.

330 — Bois. Statuette de pèlerin assis, tenant un livre. xviie siècle. — Haut., 27 cent.

331 — Cinq mètres d'ancien point d'Alençon, à décor de dents et fleurettes. — Haut., 10 cent. et 7 cent.

332 — Coffret rectangulaire en bois plaqué d'écaille, garni d'écoinçons, médaillon, entrée de serrure en cuivre émaillé, à décor de fleurs. Époque Louis XIII. — Haut., 12 cent.; long., 22 cent.; larg., 16 cent.

333 — Étui-nécessaire, formant cachet en cuivre, décoré en filigrane d'argent, de fleurettes avec incrustations de petites turquoises. XVIIIe siècle. — Long., 95 millim.

334 — Petit bas-relief en cire de couleur : Buste d'homme; portrait présumé de Luther. Encadré. — Diam., 10 cent.

335 — Fontaine-applique, avec couvercle en étain, modèle à côtes et à double robinet de cuivre. — Haut., 53 cent.; larg., 39 cent.

336 — Violon couvert de peintures, représentant diverses scènes tirées de l'histoire de Don Quichotte, et décoré, au pourtour, de feuillages dorés. XVIIIe siècle.

337 — Petite fontaine-applique en étain gravé, avec attaches ornées. XVIIe siècle. — Haut., 21 cent.; larg., 20 cent.

338 — Trois pièces en étain : Sucrier avec couvercle, petit plateau rond, écuelle à deux anses, avec couvercle orné. XVIIe et XVIIIe siècles.

339 — Médaillon rond en métal, décoré de symboles de l'amour. Cadre en bronze. — Diam., 21 cent.

340 — Très grand plateau rond oriental, en cuivre gravé, à vases de fleurs et ornements. — Diam., 84 cent.

341 — Deux petits cadres, du temps de Louis XVI, en fer peint et doré, modèle à pilastres cannelés, avec cul-de-lampe et fronton repoussés à fleurs et feuilles. Ce dernier présente une petite glace ronde à son centre. — Haut., 28 cent.

342 — Lot de cristaux de roche pour lustres, tels que : plaquettes, boules, etc.

343 — Trousse de voyage composée d'un gobelet en argent repoussé à côtes et gravé à ornements, ainsi que d'une cuiller pliante, une cuiller à café, un couteau, une fourchette et une boîte à sel ; le tout en argent. Allemagne, XVIIIe siècle.

344 — Plaque d'écaille rectangulaire incrustée d'une figurine et d'ornements en argent gravé. Dans un cadre du temps de Louis XVI, en bois sculpté. — Hauteur du cadre, 20 cent.; larg., 11 cent.

345 — Petite coupe ovale en agate orientale blonde et mousseuse, montée sur quatre

pieds cintrés à têtes de béliers en bronze doré. Haut., 90 millim.; larg., 135 millim.

346 — Ecritoire ovale de plan et formant bougeoir, en acier poli incrusté de rinceaux et de guirlandes de fleurs, en cuivre gravé et ciselé, et enrichi de tores de laurier et d'ornements en cuivre ciselé et doré. Époque Louis XVI. — Haut., 16 cent.; larg., 19 cent.

347 — Double mètre en ivoire. Dans un étui en galuchat. Époque Louis XVI.

348-349 — Deux cornemuses en bois noir, ivoire et velours. XVIIIe siècle. — Long., 60 cent.

350 — Très petit meuble à bijoux, en bois de placage, garni de cuivre. — Larg., 17 cent.

351 — Plaque carrée en ancien émail cloisonné de la Chine, décorée d'un paysage et bordée d'ornements sur fond bleu-clair. — Haut., 44 cent.; larg., 37 cent.

352 — Ecritoire en cuivre gravé, munie de quatre récipients et d'un flambeau à deux lumières avec briquet en fer. XVIIIe siècle. — Long., 23 cent.

353 — Pierre schisteuse. Haut relief de travail chinois, représentant une habitation avec personnages. — Haut., 27 cent.; larg., 30 cent.

354 — Ivoire. Plaque cambrée, sculptée sur ses deux faces à ornements et chauve-souris, et repercée à jour. Travail chinois. — Long., 42 cent.; larg., 8 cent.

355 — Petit meuble-étagère en laque du Japon, à décor de paysages et personnages en couleurs et or sur fond noir. — Haut., 23 cent.; larg., 28 cent.

356 — Petit meuble-étagère et à tiroirs en laque du Japon aventuriné, décoré de fleurs en or et burgau, avec montants cintrés simulant du bambou. — Haut., 23 cent; larg., 15 cent.

357 — Boîte à cinq compartiments en laque renfermant chacun une écritoire garnie. Elle est décorée de papillons argentés et dorés, sur fond poudré d'or. Recouvrement en bois laqué et découpé à jour, couvert de fleurs et d'oiseaux en couleurs et or. — Haut., 21 cent.; long., 25 cent.

358 — Boîte en ancien laque du Japon, décorée de rosaces sur fond aventuriné, à deux com-

partiments, et sur table à quatre pieds. — Haut., 18 cent.

359 — Paire de petits cornets en ancien bronze de la Chine, sur bases en bronze doré. — Haut., 17 cent.

360 — Écuelle avec couvercle en argent, à décor de fleurs et motifs rocaille; bouton du couvercle orné d'un buste; oreilles plates à feuillages. Travail italien, XVIIIe siècle. — Haut., 17 cent.

361 — Deux petites plaques rectangulaires en argent, à décor de médaillons et figures. — Haut., 16 cent.; larg., 8 cent.

362 — Petit cabinet en bois noir, plaqué d'écaille, avec encadrements d'ivoire. XVIIe siècle. — Haut., 35 cent.; larg., 40 cent.

363 — Petit pupitre en acajou. XVIIIe siècle. — Haut., 25 cent.

RÉGULATEURS, PENDULES

ET CARTELS

364 — Horloge et baromètre-applique en bronze ciselé et doré, terminés à leur partie inférieure

par un cul-de-lampe décoré de feuilles et d'un bas-relief rond représentant l'Astronomie figurée par des groupes d'enfants. — Haut., 80 cent.; larg., 25 cent.

(*Collection de Lord Lonsdale.*)

365 — Régulateur, du temps de la Régence, en bois noir incrusté de filets de cuivre et richement garni de bronzes ciselés et dorés. — Hauteur sans le socle, 2 m. 45 cent. environ.

(*Collection de Mme la Marquise de Montesquiou-Fezensac.*)

366 — Pendule à cadran tournant, formée d'un vase en bronze doré, avec anses à mascarons et serpent indiquant les heures. La base est décorée de quatre plaques en ancienne porcelaine tendre de Sèvres, présentant des amours et des attributs variés. Époque Louis XVI. — Haut., 41 cent.

367 — Pendule Louis XVI, à mouvement octogone, surmonté d'un groupe de colombes et sur base en bronze doré, à pieds-de-biche. Contre-socle orné de deux groupes en ancien biscuit : la Leçon à l'Amour et la Leçon de l'Amour, ainsi que d'une frise en biscuit de Wedgwood. — Haut., 38 cent.

368 — Grande pendule, de l'époque Louis XVI, en bronze ciselé et doré ; elle est surmontée d'une figurine du Temps, assis, entouré de nuages ; dans le bas un Amour. — Haut., 56 cent. ; largeur de la base, 48 cent.

369 — Pendule en bronze doré, à mouvement contenu dans un fût de colonne, accosté de deux figurines d'amours et surmonté d'un vase contenant un cadran tournant à cartouches d'émail indiquant les mois. Mouvement signé : *Ch*^{les} *Dutertre à Paris*. Epoque Louis XVI. — Haut., 44 cent.

370 — Pendule, du temps de Louis XV, en bronze, composée d'ornements rocaille, de branches de feuillages, surmontés d'un groupe de deux colombes sur des nuages, et décorée au-dessous du cadran d'un trophée d'instruments champêtres. Socle de même style en bronze doré. — Haut., 53 cent.

371 — Petit cartel, du temps de Louis XVI, en bronze doré, surmonté d'une urne d'où s'échappent des festons de laurier. — Haut., 38 cent.

372 — Cartel en bronze doré, à fleurs et feuillages rocaille ; mouvement à tirage, signé :

Lepaute horloger du roi. Époque Louis XV. — Haut., 44 cent.

373 — Pendule en bronze, de forme contournée, sur base oblongue, à décor de feuilles, fruits, fleurs et motifs rocaille. Cadran signé: *J. B. Baltazar à Paris.* Époque Louis XV. — Haut., 42 cent.; larg., 26 cent.

374 — Cartel en bronze doré, décoré d'une statuette de Diane et de deux chiens, ainsi que de fleurs et de larges motifs rocaille. Cadran signé : *Gilbert à Paris.* Époque Louis XV. — Haut., 75 cent.

375 — Pendule en bronze doré, ornée d'une statuette d'enfant écrivant, d'une branche de laurier et d'une sphère céleste. Cadran signé: *Peignat aux 15-20.* Socle en marbre blanc. Époque Louis XVI. — Haut., 38 cent.; larg., 32 cent.

376 — Pendule à mouvement contenu dans un fût de colonne cannelée, surmontée d'un vase enguirlandé, et accostée de deux amours assis sur des piles de livres. Socle en marbre. Époque Louis XVI.— Haut., 44 cent.; larg., 32 cent.

377 — Pendule en bronze doré, décorée de mascarons têtes de faunes et de guirlandes de laurier, avec vase comme couronnement. Cadran signé : *Malardot, à Dijon.* Époque Louis XVI. — Haut., 34 cent.

378 — Pendule en marbre blanc et bronze doré, à mouvement compris dans une arcade surmontée d'un motif en forme de lyre et à pilastres décorés de statuettes de nymphes ; base ornée d'instruments de musique, livres, etc. Cadran signé : *Lepine, her du Roy place des Victoires.* Époque Louis XVI. — Haut., 57 cent., larg., 38 cent,

379 — Pendule, du temps de Louis XVI, en bronze doré, en forme de vase à anses-têtes de satyres et serpents. Le cadran, qui porte le nom de *Léchopié à Paris*, est surmonté d'un ruban et la panse du vase est ornée de festons de feuillages. Socle en marbre blanc. — Haut., 49 cent.

380 — Pendule, à mouvement supporté par un groupe de deux femmes drapées à l'antique, en bronze à patine brune. Base en marbre vert de mer, ornée d'une amphore et d'une

corbeille de fruits en bronze doré. Mouvement signé : *Gail à Paris.* Fin du XVIIIe siècle. — Haut., 57 cent.

381 — Pendule Louis XVI en bronze ciselé et doré, en forme d'édicule, accostée de deux cornes d'abondance qui s'échappent de têtes de satyres ; une urne oblongue est placée à sa partie supérieure. Le cadran porte le nom de *Roque à Paris.* Socle en marbre blanc. — Haut., 33 cent.

382 — Pendule, du temps de Louis XVI, en bronze ciselé et doré, à cage accostée de deux cornes d'abondance et de branches de laurier. — Haut., 50 cent.

383 — Pendule en marbre blanc et bronze doré, à mouvement surmonté d'un vase et porté par deux pilastres. — Haut., 54 cent.

384 — Pendule de forme haute et contournée, en bois laqué à paysages de style chinois ; garnitures de bronze buste, guirlandes, encadrements et sphère armillaire. XVIIIe siècle. Haut., 73 cent.

385 — Pendule en bronze doré, ornée d'une statuette d'enfant et d'une frise : allégorie des

arts libéraux. Base en marbre blanc. Époque Louis XVI. — Haut., 31 cent.; larg., 32 cent.

386 — Pendule en bronze doré, à mascarons, graines, rubans et cannelures; base en marbre blanc. Époque Louis XVI. — Haut., 39 cent.; larg., 19 cent.

387 — Pendule en marbre blanc et rouge griotte, surmontée d'un groupe de deux enfants en bronze à patine brune. Époque Louis XVI. — Haut., 38 cent.

388 — Pendule Louis XVI en bronze doré à l'or moulu, ornée d'une figure de femme debout, s'appuyant du bras gauche sur une lampe de style antique. — Haut., 38 cent.

389 — Pendule en porcelaine émaillée bleu, surmontée d'une statuette en biscuit : Amour écrivant. Époque Restauration. — Haut., 39 cent.

390 — Pendule en bronze doré et bronze à patine verdâtre, ornée de deux figurines d'amours et d'attributs de chasse. Époque Louis XVI. — Haut., 37 cent.

391 — Pendule-cage en bronze doré, à décor de guirlandes; vase de couronnement et base en

marbre blanc. Époque Louis XVI. — Haut., 43 cent.

392 — Pendule en bronze, à motifs de rocailles et arbustes, ornée d'un groupe à sujet galant en ancienne porcelaine de Saxe. — Haut., 44 cent.

393 — Pendule en forme d'arcade, contenant le mouvement; marbre blanc et bronze doré. Décor de pilastres et de bas-reliefs, à figures allégoriques. Cadran signé : *Roque à Paris.* Époque Louis XVI. — Haut., 73 cent.; larg., 40 cent.

394 — Pendule ornée d'une figurine et d'attributs de l'amour en bronze doré et argenté. Cadran signé: *Ferdinand Berthoud.* Époque Louis XVI. — Haut., 27 cent.

395 — Petit cartel porte-montre et son socle-support en bois sculpté et doré à ornements, sur fond peint en gris. Époque Louis XV. — Haut., 35 cent.

396 — Pendule en bronze vert, de la fin du XVIIIe siècle, et composée d'une figurine d'enfant à demi-agenouillé sur une base circulaire et portant le mouvement. Le cadran est signé : *Petit à Paris.* — Haut., 47 cent.

397 — Régulateur de *Janvier* avec caisse en bois rose et bois satiné, garni d'appliques, de moulures et surmonté d'un vase en bronze ciselé et doré, à deux anses, orné de guirlandes de feuilles de chêne. Époque Louis XVI. — Hauteur totale, 2 m. 32 cent.

398 — Régulateur de *J. S. Bourdier* battant la seconde, avec cage de bois d'acajou. Époque Louis XVI. — Haut., 1 m. 95 cent.; larg., 44 cent.

399 — Régulateur en acajou, décoré d'un vase enguirlandé, de mascarons, branches de fleurs, rosaces et encadrements en bronze ciselé et doré, en partie du temps de Louis XVI. Cadran signé : *Robin Hger du Roy*. — Haut., 2 m. 32 cent.

400 — Pendule avec socle en marqueterie de cuivre sur écaille, ornée d'une figurine d'amour, d'un bas-relief à sujet allégorique, de chutes, d'encadrements, etc., en bronze doré. Époque Régence. — Haut., 1 m. 10 cent.

401 — Pendule sur socle-applique en marqueterie de cuivre sur écaille, garnie de bronzes

dorés : statuette de Minerve ; bas-relief : les Parques ; encadrements, mascarons, chutes, etc. — Haut., 1 m. 42 cent.

402 — Pendule-applique en bronze, du temps de Louis XV, avec trace de dorure, composée d'ornements rocaille, et surmontée d'une figure de femme tenant un soleil. Le cadran d'émail porte le nom de *Baillon à Paris*. Son socle, du même style, également composé de rocailles, est terminé à sa partie inférieure par une branche de fleurs. — Hauteur totale, 90 cent.

403 — Cartel, du temps de Louis XV, en bronze ciselé et doré, composé de rocailles et de fleurs et surmonté d'une statuette d'enfant tenant un arc de la main gauche et une lyre de la main droite. — Haut., 60 cent.

404 — Cartel en bronze ciselé et doré, orné de feuilles et de festons de laurier et surmonté d'un vase orné de draperies. — Haut., 65 cent.

405 — Cartel en bronze doré, décoré de bustes de femmes, vases, guirlandes et draperies. — Haut., 60 cent.

406 — Grand cartel, de style Louis XV, en bronze doré, composé de rocailles, de branches de lauriers et orné de figurines, le Sommeil de Vénus.

BRONZES D'AMEUBLEMENT

407 — Paire de candélabres à cinq lumières, formés chacun d'un vase en marbre blanc, orné de figurines de bacchantes, guirlandes et frises en bronze doré. Bouquets de lumières formés de lys et bases cannelées également de bronze doré. Époque Louis XVI. — Haut., 93 cent.

408 — Paire de candélabres à quatre lumières, formés chacun d'une statuette de femme drapée à l'antique, en bronze patiné, tenant les branches porte-lumières, en bronze doré. Bases en marbre blanc et rouge griotte, à décor de chimères en bronze doré. Fin du XVIIIe siècle. — Haut., 80 cent.

409 — Deux candélabres de la fin du XVIIIe siècle, composés chacun d'une figure de femme drapée en bronze vert, tenant une corne d'abon-

dance d'où s'échappent trois branches porte-lumières en bronze doré. La base cylindrique en serpentin est garnie de moulures et de guirlandes de fruits en bronze ciselé et doré. Haut., 72 cent.

410 — Paire de petits chenets en bronze, ornés chacun d'une figurine d'enfant, assis sur une base oblongue à mascarons, godrons et pieds-de-biche. Époque Régence. — Haut., 28 cent.; larg., 16 cent.

411 — Paire de petits chenets en bronze doré: enfants montés sur des animaux couchés et leur donnant à manger des raisins; base oblongue à têtes d'amours et griffes. Époque Régence. — Haut., 28 cent.; larg., 20 cent.

412 — Paire de petites appliques Louis XV, à une lumière, à feuilles et motifs rocaille; bronze doré. — Haut., 25 cent.

413 — Paire d'appliques à deux lumières en bronze doré, à branches à torsades et volutes reliées par un thyrse. Époque Louis XVI. — Haut., 49 cent.

414 — Deux girandoles en bronze ciselé et doré à trois branches porte-lumières contournées,

offrant à leur centre une sphère. La tige, à trois consoles ornées de draperies et surmontées de têtes d'enfants, repose sur une base circulaire ornée de feuilles et d'un tore de laurier. — Haut., 36 cent.

415 — Paire de candélabres à quatre lumières, en bronze doré, à tige formée de trois cariatides adossées. — Haut., 42 cent.

416 — Paire de candélabres à quatre lumières, en bronze doré, à tige balustre supportée par trois amours. Époque Louis XVI. — Haut., 55 cent.

417 — Deux girandoles, du temps de Louis XVI, en bronze ciselé et doré, à trois branches porte-lumières, et à tige carrée décorée de draperies et de mufles et pieds de lions, sur base circulaire à gorge et tore de laurier et ornements. — Haut., 45 cent.

418 — Paire de candélabres à trois lumières, formés chacun d'une statuette de négrillon en bronze patiné, tenant le bouquet de lumières, en bronze doré. Bases en marbre bleu-turquin. Époque Louis XVI. — Haut., 57 c.

419 — Deux bouts-de-table à trois branches

porte-lumières en bronze ciselé et doré, supportés par un enfant debout, les bras surélevés, en bronze vert, le corps ceint d'une draperie dorée : socle à gorge en marbre blanc et bronze doré. — Haut., 38 cent.

420 — Deux bouts-de-table à trois lumières, en bronze doré en partie ; le porte-lumière central est placé dans un vase qui repose sur un fût de colonne cannelée auquel sont rattachées les deux autres branches formées d'ornements Louis XVI. — Haut., 30 cent.

421 — Paire de candélabres à trois lumières, en bronze doré à motifs rocaille, ornés chacun d'un groupe de deux enfants, en bronze patiné. — Haut., 47 cent.

422 — Quatre montures de candélabres à deux lumières, modèle rocaille en bronze doré, disposées pour recevoir des statuettes de porcelaine. Style Louis XV.

423 — Deux bras-appliques en bronze doré, modèle rocaille, à trois lumières. — Haut., 60 cent.

424 — Deux candélabres Louis XVI, composés chacun d'un groupe en bronze à patine brune,

nymphe et amour, et à trois branches s'échappant d'une corne d'abondance en bronze doré. Les socles rappportés sont formés de fûts de colonnes cannelées à tores de laurier et garnis de guirlandes de fleurs. — Haut., 80 cent.

425 — Paire de bras-appliques à deux lumières en bronze, décorés de feuillages et d'une tête de Diane. Époque Régence. — Haut., 38 cent.

426 — Deux bras-appliques, du temps de Louis XV, modèle rocaille, à deux branches porte-lumières. — Haut., 27 cent.

427 — Deux bras-appliques à têtes de béliers et surmontés de petits vases. Ils sont à deux branches porte-lumières, décorées de festons de chêne. Les douilles et les bassins sont formés de rocailles. — Haut., 44 cent.

428 — Deux bras-appliques en bronze doré, ornés de mufles de lions et à trois branches porte-lumières, décorées de feuilles. Ils sont surmontés de vases à flammes entourés de festons de chêne. — Haut., 51 cent.

429 — Paire de bras-appliques Louis XV, à deux lumières, en bronze doré, à motifs rocaille. — Haut., 37 cent.

430 — Paire de bras-appliques, à deux lumières, en bronze doré, décorés de feuillages, lézards et mascarons. — Haut., 52 cent.

431 — Paire de bras-appliques Louis XIV, à une lumière, en bronze doré, à mascarons.

432 — Paire d'appliques, à deux lumières, en bronze, à figurines de Chinois et motifs rocaille. — Haut., 42 cent.

433 — Paire d'appliques, à trois lumières, en bronze doré, couronnées d'un vase de flammes et enguirlandées de feuilles de chêne. Époque Louis XVI. — Haut., 52 cent.

434 — Paire d'appliques, à deux lumières, en bronze ciselé et doré, modèle à tige cannelée, feuilles d'acanthe, vases à flamme, etc. Epoque Louis XVI. — Haut., 39 cent.

435 — Paire de bras-appliques, à deux lumières, décorés de bustes d'hommes. Époque Empire. — Larg., 15 cent.

436 — Deux chenets, du temps de Louis XVI, en bronze ciselé et doré. Ils sont formés de rinceaux élégants d'où s'échappe un enfant vu à mi-corps qui tend les mains vers une

flamme placée à l'autre extrémité. — Haut., 28 cent. ; larg., 49 cent.

437 — Paire de chenets en bronze doré, ornés chacun d'une figurine d'enfant bacchant assis sur un large motif d'ornementation rocaille. — Haut., 36 cent., larg., 40 cent.

438 — Deux grands chenets, de style Louis XV, en bronze doré, composés d'ornements rocaille et de figures d'enfants jouant de la vielle. — Haut., 42 cent.

439 — Paire de flambeaux en bronze doré, à tige-figurine tenant une corne d'abondance supportant la douille. Epoque Régence. — Haut., 34 cent.

440 — Flambeau de bouillotte, à trois lumières, en bronze doré. Fin du XVIIIe siècle. — Haut., 58 cent.

441 — Deux paires de flambeaux en bronze doré, décorés de motifs rocaille, feuillages et mascarons. — Haut., 26 cent.

442 — Paire de flambeaux en bronze doré, à fleurs et motifs rocaille. — Haut., 29 cent.

443 — Paire de flambeaux en bronze doré, à tiges cannelées et bases ornées de guirlandes

de fleurs. Epoque Louis XVI. — Haut., 27 cent.

444 — Deux flambeaux, du temps de Louis XVI, en forme de colonnettes en spath-fluor, avec embases et chapiteaux ornés de festons de laurier en bronze doré. — Haut., 19 cent.

445 — Deux flambeaux-cassolettes, du temps de Louis XVI, en porcelaine blanche, de forme ovoïde et montés à trépied, en bronze ciselé et doré, à cariatides de femmes. — Haut., 25 cent.

446 — Deux petits vases de forme ovoïde en granit rosé, montés à deux anses-branches de laurier, piédouche et culot en bronze ciselé et doré. Époque Louis XVI. — Haut., 23 cent.

447 — Deux petits vases de même style en jaspe jaunâtre, montés à trépieds-têtes de satyres, guirlandes et graine en bronze ciselé et doré. — Haut., 26 cent.

448 — Deux petits vases en albâtre oriental, de forme ovoïde, à deux anses doubles en cuivre doré. — Haut., 21 cent.

449 — Encrier formé de divers ustensiles de cuisine en cuivre doré, avec branches peintes et fleurs de porcelaine. Époque Louis XV.

450 — Deux flambeaux en bronze, patine brune, composés chacun d'un ours debout près d'un arbre. — Haut., 23 cent.

451 — Deux cassolettes de forme surbaissée en marbre jaune; gorge ajourée, graine de couvercle et base en bronze de la fin du XVIIIe siècle. — Haut., 21 cent.; diam., 20 cent.

452 — Paire de vases en granit vert des Vosges, décorés de guirlandes, têtes de béliers et sur piédouche feuillagé en bronze Louis XVI. — Haut., 34 cent.

453 — Paire de vases de forme ronde surbaissée avec couvercle en granit gris; gorge, graine de couvercle et anses-têtes de boucs, en bronze Louis XVI. — Haut., 29 cent.

454 — Deux robinets, du temps de la Régence, en bronze ciselé et doré, terminés par des têtes de dragons. — Haut., 25 cent.

455 — Petit réchaud en bronze doré, à décor de mufles de lions ailés et griffes. XVIIIe siècle. — Diam., 15 cent.

456 — Écritoire, en bronze, simulant un fourneau, avec seau à charbon, etc., au pied

d'arbustes à fleurettes de porcelaine. XVIIIe siècle. — Larg., 19 cent.

457 — Deux verroux en bronze doré à feuilles d'acanthe. Commencement du XIXe siècle. — Haut., 21 cent.

458 — Petit globe terrestre en bronze doré, sur socle cannelé en marbre blanc à guirlande de roses en bronze doré. Époque Louis XVI. — Haut., 45 cent.

459 — Deux flambeaux en forme de vase à deux anses mufles de lions, reliés par des festons de laurier et à couvercle surmonté d'une flamme, en bronze ciselé et doré. — Haut., 21 cent.

460 — Écritoire formée d'un plateau de laque à fond noir et à décor en dorure; monture en bronze doré à festons de laurier et à huit pieds avec trois godets en ancien blanc de Chine, également garnis de montures en bronze doré à guirlandes. Époque Louis XVI. Larg., 41 cent.

461 — Boîte à musique en marbre, bronze doré et bois peint, cantonnée de colonnettes et pilastres et décorée ds guirlandes de feuilles

avec médaillons en biscuit. Époque Louis XVI. — Haut., 37 cent.; larg., 49 cent.

462 — Deux seaux en cuivre doré, à anses-branchages et culots feuillagés. xviiie siècle. — Haut., 18 cent.

463 — Cassolette formée d'un vase surbaissé, avec couvercle, en porcelaine tendre émaillée bleu; monture de bronze : anses-torsades, gorge ajourée, graine de couvercle et base carrée de la fin du xviiie siècle. — Haut., 32 cent.; diam., 24 cent.

464 — Deux petits vases formés chacun d'un gobelet en ancien laque du Japon ; monture en bronze doré à anses doubles, collerette et piédouche feuillage. Époque Louis XVI. — Haut., 13 cent.

465 — Deux jardinières ovales en bois laqué, rouge et noir, à décor de fleurs et oiseaux en dorure. Monture à quatre pieds et à deux anses, en bronze. xviiie siècle. — Haut., 13 cent.

466 — Cadre carré, à ouverture ovale, du temps de Louis XVI, partie en argent et argent doré, partie en bronze ciselé et doré à feuilles. —

Cadre. Haut., 32 cent.; larg., 25 cent. Ouverture. Haut., 18 cent.; larg., 15 cent.

467 — Paire de flambeaux en bronze patiné et doré, à tige-statuette de femme, drapée à l'antique et portant une cassolette. Douille en forme de corbeille de fleurs. Fin du XVIIIe siècle. — Haut., 29 cent.

468 — Paire de bras-appliques à trois lumières en bronze, à décor de larges feuilles. — Haut., 45 cent.

469 — Paire de candélabres à deux lumières en bronze doré, à branches contournées, tige et base à feuillages rocaille. — Haut., 45 cent.

470 — Deux petits cadres en bronze, décor de rinceaux et palmettes. — Haut., 25 cent.; larg., 18 cent.

471 — Petit buste en bronze doré, de personnage coiffé de la perruque et portant une armure avec draperie. XVIIe siècle. — Haut., 22 cent.

MEUBLES EN BOIS SCULPTÉ

472 — Coffre oblong, pièce de maîtrise, en bois très finement sculpté, à consoles, tores de

laurier, urnes, etc., et offrant sur sa face principale un motif ornemental à double écusson, l'un aux armes de France, l'autre à sujet allégorique. Au revers, le motif semblable porte l'inscription suivante : « BOETE *de la Communauté des Maîtres Menuisiers Français de la Ville de Strasbourg. Agrée par Mrs les XV ; Faîte pour chef-d'œuvre ! et donné pour Présent à la ditte Maîtrise par François-de-Paul Joseph Kaeshammer. L'an M·DCC·L·XX·I.* ». — Haut., 41 cent., larg., 60 cent.

473 — Grande table, du temps de Louis XIV, en bois sculpté et doré, offrant dans la traverse supérieure un mascaron tête de satyre en haut relief, encadré d'ornements découpés à jour. Les quatre pieds en volutes, ainsi que l'entretoise en X, sont enrichis de dauphins. Dessus de marbre veiné de brun. — Haut., 80 cent.; long., 1 m. 64 cent.; larg., 74 cent.

(*Cette table provient du palais de San Donato.*)

474 — Console Régence en bois sculpté et doré, à bandeau orné et à deux pieds en volutes, terminés à leur base par des mascarons et reliés à leur partie supérieure par un motif

d'ornements, offrant à leur centre un mascaron tête de femme, qui se détache sur un fond rayonnant. Dessus de marbre brèche violette. — Haut., 76 cent.; larg., 96 cent.

475 — Écran en bois doré, à rosaces et feuillages ; sur la feuille de tapisserie au point, le char du Soleil. Époque Régence.

476 — Cadre rectangulaire en bois sculpté et doré, à coquilles, rosaces, fleurs et rocailles. Époque Régence. — Ouverture. Haut., 94 cent.; larg., 73 cent.

477 — Console, de forme contournée, à deux pieds reliés par une entretoise et avec bandeau ajouré, enrichi de deux colombes ; le tout en bois sculpté et doré. Dessus de marbre vert de mer. XVIIIe siècle. — Long., 1 m. 29 cent.

478 — Console en bois sculpté, laqué bleu et or, à larges motifs rocaille. Tablette de marbre blanc. XVIIIe siècle. Haut., 80 cent.; larg., 80 cent.

479 — Table rectangulaire en marbre brèche violette, supportée par deux pieds cannelés et à quatre consoles en bois sculpté et doré. Les

pieds sont incrustés, sur leurs deux faces, de plaques de marbre brèche violette. — Haut., 97 cent.; long., 1 m. 39 cent.; larg., 71 cent.

480 — Console Louis XVI, de forme cintrée, en bois sculpté et doré, à quatre pieds en volutes et bandeau à lambrequins, renfermant chacun une marguerite en relief. Dessus de marbre blanc. — Haut., 92 cent.; larg., 70 cent.

481 — Dessus de table en bois sculpté et doré, décoré d'ornements et de coquilles. Italie, XVIIe siècle. — Long., 1 m. 32 cent.; larg., 72 cent.

482 — Quatre gaines en bois sculpté, doré en partie, de forme contournée et décorées de mascarons, de rocailles et de fleurs en relief. Italie, XVIIIe siècle. — Haut., 1 m. 21 cent.

483 — Écran en bois sculpté et doré; feuille en tapisserie: oiseaux et arbre. — Haut., 97 cent.; larg., 55 cent.

484 — Petit support en bois sculpté, à décor d'instruments de musique. XVIIIe siècle. — Haut., 21 cent.

485 — Armoire en bois sculpté, à deux portes: décor de rosaces, d'entrelacs et de feuillages,

avec corbeilles de fruits au fronton. Époque Louis XVI. — Haut., 2 m. 83 cent.; larg., 1 m. 53 cent.

486 — Baromètre-thermomètre en bois sculpté et doré, à décor de motifs Louis XVI : guirlandes de roses, feuilles d'acanthe et rubans. — Haut., 1 mètre.

487 — Trumeau en bois sculpté, avec frise à la partie inférieure, décorée de rinceaux et d'une tête casquée de profil à gauche. Dans le haut, deux amours assis, reliés par des festons de fleurs et placés à droite et à gauche d'un médaillon ovale. Époque Louis XVI. — Ouverture : Haut., 95 cent.; larg., 57 cent.

488 — Quatre panneaux, dessus de portes, Louis XVI, en bois sculpté en bas-relief et peints en blanc. — Haut., 74 cent.; larg., 90 cent.

489 — Deux cadres surmontés de frontons arrondis avec mascaron au centre et consoles à volutes et fleurs sur les côtés. Le tout en bois sculpté et peint en blanc. — Larg., 1 m. 24 c.

490 — Deux panneaux provenant d'une boiserie de style flamand de la Renaissance, décorés

d'arceaux, de pilastres, de rinceaux et de mascarons, ces derniers en haut relief. — Haut., 1 m. 65 et 1 m. 5 cent.; larg., 1 m. 25 et 1 m. 30 cent.

491 — Baromètre-thermomètre Louis XVI en bois peint et doré, décor de guirlandes de fleurs. — Haut., 99 cent.

492 — Bois. Porte-montre, formé d'un petit fût de colonne, sur lequel un cartouche mobile a été rapporté. Ce fût repose sur un socle en cul-de-lampe, modèle à consoles et petit bas-relief paysage, servant également de base à deux petites urnes cannelées. Époque Louis XVI. — Haut., 34 cent.

493 — Bois. Bas-relief-applique sans fond, représentant un buste d'homme de profil à droite, portant l'armure et une écharpe. XVIIIe siècle. — Haut., 60 millim.

494 — Petit cadre en bois sculpté et doré, à ornements rocaille et fleurs. — Ouverture : Haut., 28 cent.; larg., 24 cent.

495 — Petit encadrement, en forme de niche à colonnettes, en bois peint et doré, à décor d'armoiries, mascarons et rinceaux. Travail italien. — Haut., 82 cent.

496 — Bahut Renaissance en bois sculpté à ornements. Les angles antérieurs sont ornés de cariatides d'hommes portant sur leur tête des corbeilles de fruits. — Haut., 1 m. 86 cent. ; larg., 77 cent. ; prof., 71 cent.

497 — Bahut italien de la Renaissance en bois sculpté à côtes en spirale, ornements et mascarons rehaussés de dorure. Il a été rapporté sur une base à balustres en bois tourné et il est surmonté d'une étagère. — Hauteur totale, 1 m. 56 cent. ; larg., 1 m. 66 cent.

498 — Cheminée, de style gothique, en bois de chêne, surmontée de deux tablettes et d'une corniche formant étagère. — Hauteur totale, 3 m. 23 cent. ; larg., 2 m. 20 cent.

499 — Table en bois sculpté, à rosaces et ornements de style gothique. — Long., 1 m. 45 c. ; larg., 82 cent.

500 — Table, de style Renaissance, à allonges, en bois sculpté, à piliers à volutes, mascarons et feuilles. — Long., 1 m. 38 cent. ; larg., 85 cent.

501 — Monture d'écran en bois sculpté, décoré

d'un écusson armorié, de lévriers, de motifs rocaille et de feuillages. — Haut., 1 m. 50 c.; larg., 80 cent.

MEUBLES

502 — Grande armoire, du temps de Louis XIV, en marqueterie de Boulle, écaille, cuivre et corne teintée de bleu. — Haut., 2 m. 62 cent.; larg., 1 m. 55 cent.; prof., 58 cent.

503 — Coffre de mariage et sa table-support, du temps de Louis XIV, en marqueterie première partie, étain, écaille et cuivre, à rinceaux, fleurs et feuillages richement garnie de bronzes ciselés et dorés. — Hauteur totale, 1 m. 27 cent. ; larg., de la table, 76 cent.

504 — Deux meubles à hauteur d'appui, fermant à une porte, et à quatre pieds carrés, en marqueterie de cuivre et d'étain sur écaille, à rinceaux. Encadrements et rosaces en cuivre doré. Tablette de marbre portor. Époque Louis XIV. — Hauteur, 89 cent.; largeur, 1 m. 78 cent.

(*Collection de Lord Essex*)

505 — Deux grands meubles à hauteur d'appui, fermant à quatre portes, dont deux vitrées ; les deux autres à portes pleines en marqueterie des trois parties, écaille, étain et cuivre. Ils sont garnis d'ornements en cuivre doré, tels que : moulures ornées, écoinçons, entrées de serrures et chutes ornées de têtes de femmes. Premières années du XVIIIe siècle. Haut., 1 m. 19 cent. ; larg., 2 m. 30 cent.

506 — Grande armoire-bibliothèque, de l'époque de Louis XIV, en bois d'ébène, enrichie de bronzes ciselés et dorés. — Haut., 2 m. 40 c. ; larg., 1 m. 65 cent. ; prof., 68 cent.

507 — Armoire, du temps de Louis XIV, en bois noir, incrusté de filets de cuivre, garnie de bronzes. — Haut., 1 m. 63 cent. ; larg., 1 m. 46 cent.

508 — Commode, du temps de la Régence, à trois rangs de tiroirs, en bois de placage et garnie d'ornements rocaille en bronze ciselé et doré. Dessus de marbre gris. — Larg., 1 m. 36 cent.

509 — Bureau plat, du temps de Louis XIV, en bois noir, incrusté de filets de cuivre et garni

de bronzes ciselés et dorés. — Long., 1 m. 95 cent.; larg., 93 cent.

510 — Meuble-bibliothèque, à hauteur d'appui, en bois noir, à filets de cuivre, garni de mascarons, entrée de serrure et rosaces en bronze, il ferme à une porte à treillis de fil de fer. Époque Louis XIV. — Haut., 1 m. 10 cent.; larg., 68 cent.

511 — Trois gaines Louis XIV en marqueterie de cuivre sur écaille et avec tablier à fond de corne bleue; elles sont richement garnies de bronzes à fleurs, feuilles, volutes et moulures. — Haut., 1 m. 25 cent.; larg., 48 cent.

512 — Console de suspension, modèle à volutes, en marqueterie des trois parties, écaille, étain et cuivre; elle est enrichie de quelques ornements de bronze ciselé et doré. Époque Louis XIV. — Haut., 53 cent.; larg., 30 cent.

513 — Coffre oblong à angles arrondis, en marqueterie de bois à rinceaux, et présentant, sur le dessus, un double écusson d'alliance surmonté d'une couronne de marquis. Il est signé : *Hache à Grenoble*. XVIIe siècle. — Haut., 31 cent.; larg., 49 cent.

514 — Coffret, de forme contournée, en marqueterie de cuivre sur écaille, garni de chutes, encadrements, entrée de serrure en bronze. Époque Louis XIV.

515 — Commode, à trois rangs de tiroirs, en bois de placage, garnie de poignées, entrées de serrures et chutes en bronze. Tablette en marbre ranz. Époque Régence. — Haut., 90 cent. ; larg., 1 m. 45 cent.

516 — Deux encoignures en bois noir, fermant chacune à une porte ornée d'un panneau Louis XIV, en marqueterie d'écaille, cuivre et étain, à personnages, rinceaux et mascarons. Dessus de marbre ranz. — Haut., 92 cent.; larg., 62 cent.

517 — Commode, de style Régence, de forme contournée, à deux rangs de tiroirs, plaquée de bois satiné et garnie de bronze doré. Dessus de marbre rougeâtre bordé d'un quart de rond. Larg., 1 m. 48 cent.

518 — Petit meuble oblong, en bois de placage à tiroir formant bureau ; pieds cambrés, chutes de bronze à guirlandes. Fin de l'époque Louis XV. — Haut., 76 cent.; larg., 57 cent.

519 — Commode à trois rangs de tiroirs, en bois de placage à rosaces, carrelages et encadrements de postes, sur quatre pieds cambrés. Chutes à têtes de béliers et sabots griffes, en bronze doré. Tablette de marbre rouge du Languedoc. Fin de l'époque Louis XV. — Haut., 90 cent.; larg., 1 m. 30 cent.

520 — Commode de *Riesener* à trois rangs de tiroirs, en bois de placage, garni de bronzes; encadrements, rosaces, anneaux de tirage, chutes, etc. Tablette de marbre brèche d'Alep. Fin de l'époque Louis XV. — Haut., 92 c.; larg., 1 m. 35 cent.

521 — Secrétaire droit à angles arrondis, de l'époque Louis XV, en marqueterie de bois à fleurs, fruits et oiseaux. Il est garni d'encadrements, de chutes et de sabots rocaille en bronze doré et il est couvert d'une tablette de marbre brèche d'Alep. — Haut., 1 m. 50 c.; larg., 1 m. 16 cent.

522 — Bureau à cylindre, de l'époque Louis XV, en marqueterie de bois, à quadrillages et rosaces. Il est garni d'ornements en bronze ciselé, portant des traces de dorure, tels que :

chutes, sabots, entrées de serrures et galerie découpée à jour. — Haut., 1 m. 17 cent. ; larg., 1 m. 45 cent. ; prof., 77 cent.

523 — Très grande armoire à deux corps, fermant à quatre portes, en bois d'acajou, à moulures saillantes et encadrements sculptés. Elle est garnie de charnières apparentes en fer poli. Époque Louis XV. — Haut., 2 m. 78 cent.; long., 1 m. 80 cent.; prof., 80 cent.

524 — Meuble d'entre-deux, en bois de violette à quadrillés, fermant à deux portes masquant des tiroirs. Tablette de marbre brèche d'Alep. Époque Louis XV. — Haut., 81 cent.; larg., 1 m. 14 cent.

525 — Bureau plat, du temps de Louis XV, en bois de placage garni de chutes, sabots, poignées, appliques, etc., en bronze ciselé et doré. Le dessus en basane est bordé d'un quart de rond en cuivre. Ce meuble nous semble avoir subi des modifications. — Long., 1 m. 48 cent.; larg., 99 cent.

526 — Deux encoignures du temps de Louis XV, fermant à deux portes en bois de placage, garnies d'ornements rocaille, de chutes et de

sabots en bronze ciselé doré. Dessus de marbre. — Haut., 90 cent. ; larg., 82 cent.

527 — Deux encoignures, du temps de Louis XV, en ancien laque à fond noir, fermant à une porte décorée d'un paysage avec personnages en couleurs et or. Elles sont garnies d'encadrements, de chutes et de sabots composés d'ornements rocaille en bronze ciselé et doré. Tablette de marbre ranz. — Haut., 92 cent. ; larg., 51 cent.

528 — Bureau à dos d'âne en bois de placage, à quadrillés, sur quatre pieds cambrés. Époque Louis XV. — Haut., 92 cent. ; larg., 77 cent.

529 — Commode, à deux tiroirs, en marqueterie de bois satiné et bois de violette de bout à fleurs. Chutes et encadrements rocaille en bronze doré. Tablette de marbre brèche d'Alep. Epoque Louis XV. — Haut., 87 cent.; larg., 1 m. 12 cent.

530 — Commode, à deux tiroirs, en bois de placage ; anneaux de tirage, chutes à mufles de lions et guirlandes, cul-de-lampe et pieds griffes en bronze. Tablette de marbre gris. Fin de l'Époque Louis XV. — Haut., 85 cent.; larg., 90 cent.

531 — Petite commode, à deux tiroirs, en marqueterie de bois de couleurs à fleurs, garnie de chutes, poignées, entrées de serrures et sabots en bronze. Tablette en marbre bleu-turquin. Époque Louis XV. — Haut., 88 c.; larg., 65 cent.

532 — Commode, à deux tiroirs, en bois de rose; poignées, entrées de serrures, chutes, sabots et cul-de lampe en bronze, à motifs rocaille. Tablette de marbre rouge griotte. Époque Louis XV. — Haut., 85 cent.; larg., 98 cent.

533 — Commode, à deux rangs de tiroirs, en bois de violette à quadrillés; encadrements, chutes et poignées rocaille en bronze. Tablette de marbre de couleur. Époque Louis XV. — Haut., 81 cent.; larg., 98 cent.

534 — Commode à deux tiroirs, en bois de placage, à quadrillés, garnie de poignées, entrées de serrures, chutes et sabots en bronze doré. Tablette de marbre ranz. Époque Louis XV. — Haut., 88 cent.; larg., 1 m. 30 c.

535 — Petite commode, à deux tiroirs, en bois de rose et de violette, garnie de bronzes rocaille. Tablette de marbre gris veiné de blanc.

Époque Louis XV. — Haut., 82 cent.; larg., 77 cent.

536 — Meuble à hauteur d'appui, en marqueterie de bois de couleur, à trophées d'instruments de musique et rosaces. Il ferme à deux portes masquant trois tiroirs. Encadrements de bronze doré. Tablette de marbre de couleur. Fin de l'époque Louis XV. — Haut., 90 cent.; larg., 1 m. 50 cent.

537 — Bureau bonheur du jour, en bois de rose; corps supérieur fermant à coulisse et corps inférieur muni d'un abattant et de tiroirs. Pieds cambrés. Époque Louis XV. Garnitures de bronze. — Haut., 98 cent.; larg., 81 cent.

538 — Petit bureau bonheur du jour, à portes, tiroirs et abattant en bois de rose, avec tablette d'entre-jambes. Dessus de marbre brèche d'Alep. Fin de l'époque Louis XV. — Haut., 1 m.; larg., 68 cent.

539 — Table de dame, à trois tiroirs, avec tablette d'entre-jambes en bois de rose et de violette. Dessus de marbre blanc. Fin de l'époque Louis XV. — Haut., 78 cent.; larg., 50 cent.

540 — Petite table de dame Louis XV, à trois tiroirs et à tablette rentrante en marqueterie de bois de couleur à vases de fleurs, reposant sur quatre pieds cambrés. — Haut., 675 millim.

541 — Table ovale, à tablette et tiroir, en bois de placage et quadrillés. Tablette d'entre-jambes ; dessus de marbre blanc. Époque Louis XV. — Haut., 76 cent.; larg., 52 cent.

542 — Table de nuit, en marqueterie de bois de couleur à fleurs ; dessus de marbre. Epoque Louis XV. — Haut., 79 cent.; larg., 44 cent.

543 — Étagère d'angle, en bois de placage, ornée de deux petites plaques en ancienne porcelaine tendre de Sèvres, à fleurs. — Haut., 92 cent.

544 — Baromètre en bois noir, de forme contournée, à ornements rocaille, en bronze ciselé et doré. — Haut., 1 m. 14 cent.

545 — Bureau à dos d'âne, de forme contournée, modèle Louis XV, en marqueterie de bois à fleurs, ton sur ton et garni de chutes et d'entrées de serrures rocaille en cuivre doré. — Haut., 90 cent.; larg., 90 cent.

546 — Deux encoignures à une porte, en marqueterie de bois de couleur à bouquets de fleurs ; garnitures de bronze ; tablette de marbre brèche d'Alep. XVIIIe siècle. — Haut., 82 cent.; larg., 68 cent.

547 — Baromètre, en bois de placage à quadrillés, garni de bronzes à motifs rocaille. — Haut., 1 m. 2 cent.

548 — Table-bureau, plaquée de bois noir incrusté de filets de cuivre. Encadrements, rosaces et chapiteaux de bronze. XVIIIe siècle. — Haut., 75 cent.; larg., 1 m. 14 cent.

549 — Grand meuble de belle ordonnance, du temps de Louis XVI, fermant à deux portes dans le bas, avec bureau à cylindre au-dessus et armoire dans la partie supérieure, à deux portes vitrées. Ce meuble, en bois d'acajou, est enrichi dans les angles coupés, dans la frise, dans la corniche et dans les encadrements des portes, de sculptures en bois doré à feuilles, entrelacs, rosaces, etc. — Haut., 2 m. 70 cent.; larg., 1 m. 45 cent.

550 — Meuble semblable à celui qui précède, mais avec bureau simulé. — Haut., 2 m. 70; larg., 1 m. 45 cent.

551 — Deux meubles de la même suite que ceux qui précèdent, beaucoup plus étroits et fermant à deux portes, l'une pleine dans le bas, l'autre vitrée dans le haut. — Haut., 2 m. 7 cent.; larg., 95 cent.

(*Les quatre meubles qui précèdent ont fait partie de la collection de Lord Clifdon.*)

552 — Secrétaire à abattant, porte et tiroirs en acajou, à décor de cannelures et moulures, et orné de frises, rosaces et vases de fleurs en bronze doré. Tablette de marbre blanc. Époque Louis XVI. — Haut., 1 m. 46 cent.

553 — Secrétaire droit, à abattant, portes et tiroir en acajou, à décor de cannelures aux angles, frises à entrelacs et rosaces, encadrements, rudentures et cul-de-lampe en bronze doré. Tablette de marbre brèche d'Alep. Époque Louis XVI. — Haut., 1 m. 53 cent.; larg., 1 mètre.

554 — Secrétaire droit, à abattant, portes et tiroir en bois laqué noir et or, à paysages animés, de style chinois. Garnitures de bronze. Époque Louis XVI. Dessus de marbre blanc. Haut., 1 m. 33 cent.; larg., 93 cent.

555 — Bureau, à cylindre, avec corps supérieur, orné de glaces; garnitures de bronze; encadrements, chutes, poignées, galerie. Dessus de marbre blanc. Époque Louis XVI. — Haut., 1 m. 35 cent.; larg., 79 cent.

556 — Table à deux tiroirs et double tablette d'entre-jambes en acajou, galerie de cuivre; dessus de marbre blanc. Époque Louis XVI. Haut., 76 cent.; larg., 80 cent.

557 — Table-toilette, en marqueterie de bois de couleur à corbeilles de fleurs et pendentifs d'instruments de musique. Époque Louis XVI. Haut., 74 cent.; long., 83 cent.

558 — Bureau, en acajou, à tiroirs avec corps supérieur à portes et tiroirs; garnitures de bronze. Époque Louis XVI. — Haut., 1 m. 5 cent.; larg., 1 m. 15 cent.

559 — Table ovale, à un tiroir, avec tablette d'entre-jambes, en bois de rose et bois vert; garnitures de bronze. Dessus de marbre blanc. Époque Louis XVI. — Haut., 66 cent.; diam., 50 cent.

560 — Meuble d'entre-deux à hauteur d'appui, d'époque Louis XVI, en bois d'acajou, ou-

vrant à trois portes et à angles arrondis, garni de moulures et rangs de perles en bronze doré. Il repose sur six pieds tournés, garnis d'oves en bronze. Dessus de marbre blanc veiné. — Haut., 90 cent.; larg., 1 m. 55 cent.; prof., 70 cent.

561 — Console, du temps de Louis XVI, de forme contournée, en bois d'acajou à pieds cannelés ; bandeau décoré d'ornements en bronze ciselé, avec rosaces en entre-deux. — Haut., 99 cent.; larg., 1 m. 53 cent.

562 — Bureau à cylindre, du temps de Louls XVI, en bois d'acajou, à pieds et montants cannelés; il est garni de bronze ciselé et doré. — Larg., 1 m. 30 cent.

563 — Petite table ovale en bois d'acajou, à bandeau à godrons verticaux et à quatre pieds formés de colonnettes carrées reliées par une tablette de marbre blanc et au-dessous par une entretoise surmontée d'un vase. Elle est enrichie de fines montures et d'asperges en cuivre. Époque Louis XVI. — Haut., 80 cent.; larg., 60 cent.

564 — Table oblongue, à tiroirs et casiers, en marqueterie de bois de couleur à fleurs et

instruments de musique; chutes et entrées de serrures en bronze. XVIIIe siècle. — Haut., 74 cent.; larg., 1 m. 30 cent.

565 — Deux étagères-appliques d'angle à casier, fermant à coulisse en bois de placage. XVIIIe siècle. — Haut., 1 m. 20 cent.

566 — Bibliothèque, à deux corps, en acajou incrusté de filets de cuivre. Le corps supérieur est vitré. Époque Louis XVI. — Haut., 3 m.; larg., 1 m. 78 cent.

567 — Écran en bois laqué blanc et or; feuille mobile, du temps de Louis XVI, en satin crème brodé en chenille et partiellement peint à vase de fleurs. — Haut., 1 m. 5 cent.; larg., 67 cent.

568 — Écran de cheminée, formant bureau, avec porte à abattant, en bois d'acajou, du temps de Louis XVI. L'écran est garni de soie jaune d'or rayée et moirée. — Haut., 95 cent.; larg., 50 cent.

569 — Bureau-pupitre à écrire debout en bois d'acajou, à pieds et angles cannelés. Époque Louis XVI. — Haut., 1 m. 29 cent.; larg., 92 cent.

570 — Table en acajou, à encadrements de bronze doré et bordure de cuivre. Époque Louis XVI. — Larg., 82 cent.

571 — Console, à tablette de marbre rouge griotte, portée par deux pieds en bronze ornés de têtes d'animaux et de griffes. Fin du XVIIIe siècle. — Haut., 79 cent.; larg., 95 cent.

572 — Guéridon rond en métal décoré en rouge au vernis ; monture en bronze doré de la fin du XVIIIe siècle. — Haut., 74 cent. ; diam., 56 cent.

573 — Guéridon rond, à dessus de verre violet et piètement de bronze doré, orné de feuillages et de boucs. — Diam., 62 cent.

574 — Secrétaire à abattant et portes en acajou, à décor de moulures, orné, aux angles, de consoles renversées et de cariatides à têtes et pieds de bronze patiné. Commencement du XIXe siècle. — Haut., 1 m. 45 cent.; larg., 87 cent.

575 — Bureau plat en marqueterie de bois, à fleurs, oiseaux et ornements, garni de chutes, moulures et écoinçons en bronze. Le dessus en basane rouge est encadré de marqueterie. — Larg., 1 m. 46 cent.

576 — Coffret à bijoux, sur pieds cambrés en bois laqué : tiroirs intérieurs plaqués de bois de rose. — Haut., 98 cent.

577 — Socle en bois noir, garni, haut et bas, de moulures en bronze, à feuilles ciselées. — Haut., 1 m. 11 cent.

578 — Guéridon rond, à tablette décorée au vernis : le Jugement de Pâris. Encadrement et piètement de bronze patiné et doré. Commencement du XIXe siècle. — Haut., 79 cent.; diam., 42 cent.

SIÈGES

579 — Mobilier de salon, du temps de Louis XVI, en bois sculpté et doré, couvert de satin vert uni. Il se compose d'un canapé, six fauteuils à dossiers carrés et six à dossiers cintrés ; il est accompagné d'un écran et d'un tabouret de même travail.

580 — Chaise-longue en trois parties, en bois doré, à décor de feuilles d'acanthe et d'attributs. Elle est couverte en velours jaunâtre ciselé. — Longueur totale, 2 m. 10 cent.

581 — Meuble de salon, composé d'un canapé et de six fauteuils, modèle à médaillons, en bois laqué blanc et couvert de tapisserie d'Aubusson, à bouquets de fleurs, sur fond gris. — Largeur du canapé, 1 m. 48 cent. ; haut., 95 cent.

582 — Quatre sièges de croisées en bois sculpté, laqué blanc et doré, foncés de canne. Époque Louis XVI. — Larg., 47 cent.

583 — Cinq chaises, du temps de Louis XVI, en bois sculpté et doré, à postes et rosaces et à dossiers ovales.

584 — Quatre chaises à hauts dossiers en bois sculpté, à fleurettes et ornements et foncées en canne. Les pieds sont reliés par une entretoise. Travail hollandais du XVIIIe siècle.

585 — Chaise analogue à celles qui précèdent, mais plus riche.

586 — Chaise portugaise, à haut dossier, en bois sculpté, garnie de cuir gaufré et clouté de cuivre.

587 — Bois de fauteuil, du temps de Louis XVI, en bois sculpté et doré, à postes, sequins et rosaces. — Haut., 1 mètre.

588 — Fauteuil en acajou, à dossier à entrelacs, garni, mais non couvert. Époque Louis XVI. Haut., 95 cent.

589 — Trois chaises en acajou, dossiers à entrelacs, garnies, mais non couvertes. Époque Louis XVI. — Haut., 95 cent.

590 — Trois chaises en acajou, dossiers à lyres, couvertes en cuir. Époque Louis XVI. — Haut., 90 cent.

591 — Trois banquettes en acajou à accotoirs en bois sculpté, peint et doré à dauphins. Époque Empire. — Larg., 1 m. 44 cent. et 70 cent.

VITRINES

592 — Armoire en bois noir, à porte vitrée. — Haut., 1 m. 13 cent.; larg., 1 m. 20 cent.

593 — Vitrine plate, en bois noir. — Haut., 22 cent.; long. 1 m. 35 cent.; larg., 50 cent.

594 — Vitrine à dessus oblique, à moulures en bois d'acajou et à fond de glace. — Haut., 25 cent.; long., 1 m. 1 cent.; larg., 37 cent.

ÉTOFFES

595 — Chasuble en velours de Gênes vert frappé à fleurettes et bandes de velours rouge en entre-deux. XVIe siècle.

596 — Panneau rectangulaire décoré d'un vase de fleurs et de rinceaux fleuris en couleurs, tapisserie au point, sur fond couvert de jayet blanc. Époque Louis XIV. — Haut., 70 cent.; long., 1 m. 55 cent.

597 — Tapis de cheval, en velours bleu, décoré d'applications et de broderies en soie de couleur. Au centre, large écusson d'armoiries surmonté d'une couronne; aux bords, ornements et fleurs. Italie, XVIIe siècle. — Haut., 1 mètre; larg., 1 m. 53 cent.

598 — Chape en ancienne soie brochée à fleurs et lamée d'argent.

599 — Bandeau découpé en velours rouge bordé d'un galon et d'une frange de métal. — Haut., 50 cent.; larg., 1 m. 30 cent.

600 — Panneau rectangulaire, en ancien satin blanc, brodé en argent et argent doré, à rinceaux, fleurs, papillons et insectes. — Haut., 1 m. 5 cent.; larg., 2 mètres.

601 — Tapis à fleurs brochées d'argent sur fond gris à fleurs. — Haut., 2 m. 20 cent.; larg., 1 m. 43 cent.

602 — Bande d'ancienne dentelle métallique. — Larg., 2 m. 60 cent.

Produit total de la vente 743,386 Francs

H

341 2 cadres nss
~~67 Watteau i mille~~
~~22, 23 i mille~~
120 marbre iss

E.S.

439.
538.

Ch.. bet

548. table ulss
~~507 armoire i mille~~

Mme Ber

120 petit buste ... ss
226 2 flambeaux } guss
238 2 vases } usss
395 petit cartel ass
291. boîte chinoise gsss

Dr W

369 pendule ilss

Selig

582/4 sièges guss

D de Gr

400 pendule Boule annulée
507 armoire L XIV i mille
506 armoire i mille

Bon J. O

563 table acajou ass

N. B

406 500

Commissions reçues par
H. Slettiner

www.ingramcontent.com/pod-product-compliance
Ingram Content Group UK Ltd.
Pitfield, Milton Keynes, MK11 3LW, UK
UKHW021310190726
13839UKWH00007B/571

9 782329 546223